KB155398

밥만 먹고 레벨업

박민규 게임 판타지 장편소설

WISHBOOKS GAME FANTASY STORY

5

박민규 게임 판타지 장편소설

초판 1쇄 찍은 날 | 2020년 1월 22일
초판 1쇄 펴낸 날 | 2020년 1월 31일

지은이 | 박민규
펴낸이 | 권태완 우천제

기획 | 위시북스
편집책임 | 한준만
편집 | 위시북스

펴낸곳 | ㈜케이더블유북스
등록번호 | 제25100-2015-43호
등록일자 | 2015. 5. 4
KFN | 제2-12호

주소 | 서울시 구로구 디지털로31길 38-9, 401호
전화 | 070-8892-7937 팩스 | 02-866-4627
E-mail | fantasy@kwbooks.co.kr

ISBN 979-11-293-4393-2 04810
      979-11-293-4001-6(set)

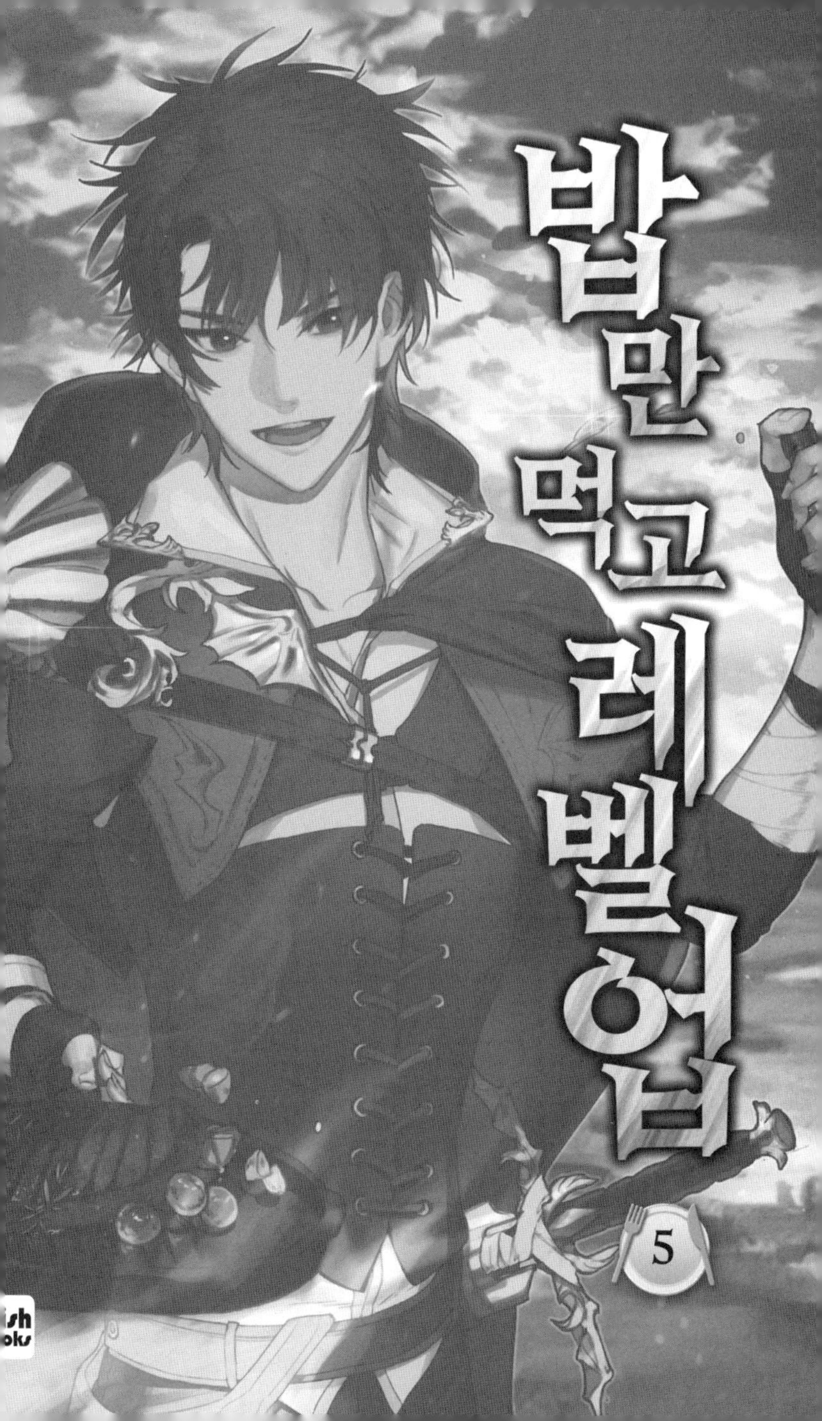
밥만 먹고 레벨업
5

CONTENTS

1장
식탐

"진짜 별거 아니네."

"그쵸?"

"네."

민혁과 로반이 고개를 끄덕였다.

'······10억이 별거 아니라니!'

둘의 대화를 들은 힐튼은 속으로 이런 생각을 했다.

그가 알기로 로반은 베르사르에서도 막대한 수입을 벌어들인 유저다. 한데, 옆에 있는 요리사는 로반보다 더 태연했다.

'부러운 자식들!'

그에 힐튼이 눈짓했다. 신호를 받은 길드원들이 민혁과 로반을 향해 한 발자국 두 발자국 거리를 좁히기 시작했다.

그리고 로반이 민혁과 시선을 맞췄다.

'지금!'

로반이 신호를 보내고 검은 대지를 향해 달리자, 민혁도 그 뒤를 쫓아 달렸다.

"저 부러운 새끼들…… 아니, 아니, 나쁜 새끼들을 쫓아 달려라!"

"……?"

"예!"

힐튼의 외침에 아레스 길드원들도 따라 달리기 시작했다.

먼저 달리기 시작한 로반과 민혁은 곧 검은 대지 위로 발을 들일 수 있었다. 하지만 발을 들였다고 곧바로 저주가 발동되는 건 아니었다.

로반은 안쪽으로 들어가면서 아레스 길드원들도 검은 대지 위로 발을 들이는 걸 볼 수 있었다. 그리고 모든 인원이 땅을 밟은 그 순간.

'됐다……!'

검은 대지에 음산한 목소리가 울려 퍼졌다.

[수바라 바수라 아스도라]

'뭐야, 이 볼드모트 같은 목소리는!'

아레스 길드원들도 무언가 이상함을 눈치챈 듯 주변을 둘러보기 시작했다.

그때 갑자기 검은 기류가 땅에서 솟구쳐 올랐다.

푸화아아아앗!

검은 기류는 모여들어 꿈틀거렸다. 그리고 모습이 변형되기 시작하더니 검은 해골의 모습이 되었다.

"크아아아아아아!"

검은 해골이 천지를 흔드는 괴성을 지르며 유저들 몸 곳곳을 관통하여 지나갔다. 그 속도는 눈으로 좇기도 힘들 정도였다.

푸화아아앗!

푸화아아아앗!

[대마도사 아필드의 영역에 발을 들였습니다.]

[7대 죄악이 발동됩니다.]

[모든 상태 이상 면역력이 무시됩니다.]

[모든 마법 방어력이 무시됩니다.]

[7대 죄악 식탐.]

"식…… 탐?"

로반은 그 두 글자를 읊었다.

알려져 있는 7대 죄악은 교만, 시기, 분노, 나태, 탐욕, 색욕, 식탐으로 이루어져 있다.

'가장 강력하다고 알고 있는 식탐이라니…….'

로반은 상태 이상 면역력과 마법 방어력이 무시된다는 말에 눈앞이 깜깜해졌다. 여기서 모두가 전멸할 것 같았다. 하지만 생각해 보니 차라리 그게 낫다는 생각이 들었다.

"다 같이 죽자 이 새끼들아!"

"빌어먹을."

"하, 함정이다!"

그리고 그 순간.

쿠웅!

로반은 머리를 두들기는 듯한 강한 충격을 받았다.

머릿속에서 누군가 끊임없이 외친다.

'먹어라, 먹어라, 먹어라, 먹어라, 모든 것을 먹어치워라!'

"커허업!"

거친 신음을 토해낸 그가 서둘러 인벤토리에 있는 모든 음식을 꺼냈다. 그리고 덜덜 떨리는 손으로 허겁지겁 먹기 시작했다. 익히지 않은 고기는 생으로 뜯어 먹었다.

상황은 아레스 길드원들도 마찬가지였다.

그렇게 정신없이 먹어치우던 와중에 로반은 옆에서 한 남자만이 멀쩡한 걸 알 수 있었다.

바로 민혁이었다.

민혁은 미친 듯이 자신들의 인벤토리 안의 것들을 풀어 헤쳐 먹어치우는 그들을 보며 의아한 표정을 지었다.

"7대 죄악 식탐? 난 평소하고 똑같은데?"

그는 그렇게 말하며 머리를 긁적였다.

손에 식은땀이 날 정도의 추격전을 벌이는 아레스 길드와 민혁, 로반을 모니터로 보고 있던 박 팀장이 감탄하여 중얼거렸다.

"설마설마했는데…… 민혁 유저의 식욕은 이미 죄악의 식탐만큼 대단하다는 건가?"

박 팀장은 설마 했던 일이 실제로 벌어지는 것을 눈으로 보고 있었다.

모니터 속 아레스 길드원들은 생고기나 익히지 않은 채소를 그대로 먹어치우고 있었는데, 민혁은 의아한 표정으로 주변을 둘러보고 있지 않은가.

"도대체 저 유저 식탐이 얼마나 강하길래……."

감탄하던 박 팀장은 모니터를 보다가 헉하는 표정을 지었다.

"더 놀라운 게 뭔지 알아?"

"뭔데요?"

"지금 다른 유저들을 봐."

그 말에 이민화 사원은 미친 듯이 허기를 채우려고 뭐든지 먹어치우는 유저들을 볼 수 있었다. 그들은 자신을 통제하지 못하고, 식욕에 완전히 사로잡혀 이성을 잃어가고 있었다.

"저 정도 식탐이 일상인 사람이 저렇게 태연하게 생활하다니."

"와……."

이민화는 박 팀장의 말을 이해하고 감탄할 수밖에 없었다.

"그 말은……."

"그 정도로 민혁 유저의 정신력이 대단하다는 거겠지. 그리고 단련되었다는 것 아닐까? 어째서 저런 엄청난 식탐을 가진 건지는 모르지만, 확실한 건 민혁 유저는 아주 오랜 시간 동안 저런 끔찍한 저주 속에서 살아왔다는 거야."

"……."

이민화는 경악한 표정으로 모니터 속의 민혁 유저를 보았다. 새삼 그가 존경스러웠다. 그리고 안타까웠다.

'모두가 저렇게 이성을 잃을 정도의 식탐 속에서 매일 살아가는 남자라니…….'

"흠……."

민혁은 알림을 들은 후에 갑자기 미친 듯이 인벤토리 안의 모든 것을 먹어치우는 유저들을 볼 수 있었다.

물론 자신도 같은 저주에 걸렸지만, 평소와 크게 다르지 않았다. 그런데 지금 저 유저들의 모습을 보고 있노라면 처음 폭식 결여증에 걸렸을 때를 보는 것 같았다.

그때 민혁은 냉장고의 모든 것을 먹어치웠다. 그뿐만이 아니었다. 휴지와 같은 것을 먹어버리기도 했다. 그 정도로 심각했다.

하지만 민혁은 차츰 이겨나가기 시작했다. 살아야 한다는 정신력, 먹어선 안 된다는 의지. 식욕을 억제하기 위해 미친 듯이 운동하고 살아남기 위해 식욕을 억제해 왔다.

그 때문일까? 지금의 상황은 민혁에게 심각한 상황이 아니었다.

그때 로반이 말했다.

"우걱우걱, 우걱. 대체 민혁 님은 어떻게 멀쩡할 수 있는 거죠?"

"전 항상 이런 저주 속에서 살거든요."

민혁은 항상 식탐의 저주 속에서 살아가고 있다.

로반은 그의 말을 이해할 수 없었지만 서둘러 민혁에게 말했다.

"민혁 님, 저를 밧줄로 묶어주세요!"

"……아, 예!"

민혁은 로반을 나무에 등을 기대게 한 상태로 묶어버렸다.

한편, 힐튼을 비롯한 아레스 길드원들은 이미 인벤토리 안의 많은 것을 먹어치운 상태였다.

"배고파!"

"먹을 거, 먹을 거, 배고파 죽겠다고!"

"배고파아아아!"

곧이어 한 유저가 바닥에 손을 뻗었다. 그러고는 흙을 가득 집어 입으로 구겨 넣기 시작했다.

"와구와구, 와구! 배고파아아!"

이어서 다른 아레스 길드원들도 흙을 퍼 먹기 시작했다.

민혁은 혀를 쯧 차며 말했다.

"세상에 흙을 퍼 먹다니! 정말 이상한 사람들이네요!"

"와구와구!"

"나도 흙은 안 먹는다!"

그렇게 말하며 민혁은 프라이팬을 쥐고 앞으로 걸어갔다.

이들은 로반뿐만이 아니라 자신까지도 PK하려고 했다. 하지만 이들 중 아직 반카오가 되지 않은 이들도 있었기에, 민혁은 그중에서 자신이 기억하는 반카오 유저들 앞에 섰다.

"우걱우걱, 우걱."

그리고 흙을 퍼 먹는 그들의 머리 위에 프라이팬을 조준했다.

탱!

경쾌한 소리와 함께 한 명의 유저가 강제 로그아웃 당하고 아티팩트와 골드를 드랍했다.

민혁은 한 명씩 한 명씩 로그아웃시키기 시작했다.

아레스는 갑자기 잠잠해진 길드 채팅창에 고개를 갸웃했다.

[길드 마스터 아레스: 지금 상황은?]

하지만 불러도 대답이 없었다.

그리고 3분 정도 지났을 때.

[길드 채팅 힐튼: ##%$@%$!3!]

[길드 채팅 블레스: %^@$!$배고파!]

[길드 채팅 칼로: #%#%다 먹어버리겠다!! 호이짜!]

[길드 채팅 루크스: ??? 뭐지 왜들 저러지?]

아레스는 심상치 않은 일이 발생했음을 알 수 있었다.

분명히 힐튼은 조금 전까지만 해도 놈들을 추격 끝에 잡아

냈다고 했다. 그런데 이게 무슨 일이란 말인가?

갑작스러운 길드원들의 행동에 놀라던 중.

[길드 채팅: 블레스 님이 강제 로그아웃 당하셨습니다.]

[길드 채팅: 칼로 님이 강제 로그아웃 당하셨습니다.]

[길드 채팅: 하만 님이 강제 로그아웃 당하셨습니다.]

강제 로그아웃이 시작되었다.

"……!"

아레스는 벌떡 몸을 일으킬 수밖에 없었다. 고작 3~5초의 텀, 그사이에 길드원들이 빠르게 죽어나가고 있었으니까.

[길드 채팅: 호로롱 님이 강제 로그아웃 당하셨습니다.]
[길드 채팅: 껄껄 님이 강제 로그아웃 당하셨습니다.]
[길드 채팅…….]

알림은 쉴 새 없이 들려왔다. 벌써 10명이 넘었다.
곧 강제 로그아웃 당한 이들이 현실에서 휴대폰으로 길드 채팅을 치기 시작했다.

[길드 채팅 호로롱: 길마님, 절규의 언덕으로 간 인원들 전부 7대 죄악 식탐에 빠졌습니다.]

"7대 죄악?"
아레스도 그에 대해 들은 적 있었다. 아테네 대륙 전역에 숨겨져 있는 시련들에 대해.
이겨내면 막대한 보상을 얻을 수 있다고 하는 그런 7대 죄악과 마주했단 말인가? 그렇다는 건 모든 길드원이 그 죄악을 이기지 못하고 죽은 것일까?

[길드 마스터 아레스: 그럼 전부 배고파서 죽은 건가?]

[길드 채팅 호로롱: 아니요. 프라이팬을 멘 유저가 죽였습니다.]

[길드 마스터 아레스: 그 유저는 저주에 걸리지 않은 건가?]

[길드 채팅 호로롱: 그도 분명히 저주의 영역 안에 있었습니다. 그런데 어째서인지는 저희도 잘…….]

아레스의 얼굴은 심각해졌다. 정체 모를 유저에게 모든 길드원이 죽어나가고 있었다. 도대체 그 유저는 뭔데 저주에 걸리지 않는 걸까.

'설마?'

[길드 마스터 아레스: 그는 저주의 성화를 가지고 있는 게 분명하다!]

[길드 채팅 호로롱: 아……! 모든 저주로부터 보호해 준다는 그 성화요?]

저주의 성화에 대해서는 아테네에서 한 번 정보를 열람한 적이 있다.

누군가 보유하고 있지만, 그게 누구인지는 밝혀지지 않았으며 그 값어치만 알려졌던 아티팩트. 무려 400억 골드에 거래되었다고. 그런데 그 소유자가 바로 여기에 있었다니!

아레스가 놀라는 사이 강제 로그아웃 알림이 뜸해졌다.

민혁은 반카오 상태의 유저를 모두 죽였다. 그들이 떨군 아티팩트와 골드는 정말 어마어마하다고 할 수 있을 정도였다.

그리고 아직 남아 있는 카오 상태가 아닌 유저들을 어떻게 잡아야 하나 생각하던 민혁은 조금 전에 먹었던 호빵을 인벤토리에서 꺼냈다.

그가 호빵을 꺼낸 순간.

휙!

휙!

그들이 좀비처럼 일제히 민혁을 향해 시선을 틀었다. 그와 동시에 다발적으로 침을 뚝뚝 흘렸다.

"크와아아아!"

"내놔아아아!"

"끄아아앙, 먹을 거닷!"

이성을 잃은 자들은 다루기 쉬워진다.

곧 모든 인원이 몰려들었다. 민혁은 호빵 하나를 들고 그들 사이를 종횡무진으로 움직였다.

한 유저가 민혁을 툭 쳤다.

[비매너 행위를 당했습니다.]

[캔디 유저가 일시적 카오 상태가 됩니다.]

퍼지잇!

민혁은 자신의 팔을 잡아챈 유저의 안면을 후려쳐 날려 버리는 식으로 그들이 자신과 접촉하는 순간 떼어냈다.

얼추 그들을 모두 반카오 상태로 만든 후 민혁은 나무 위로 올라갔다. 그리고 호빵을 반으로 쭈욱 찢었다.

호빵계의 황태자 '야채 호빵'이었다.

"제, 제발…… 거기 들어 있는 파 쪼가리라도 좋으니 조금만 주세요……"

"전 거기 있는 고기 하나만 주세요. 제 아티팩트와 골드를 전부 드릴 수 있어요."

"전 원피스 나미짱 피규어를 드리겠다능! 한 입만 달라능!"

이처럼 그들은 먹을 것 한입을 위해 모든 걸 줄 수 있다는 듯 말했다. 하지만 민혁은 그들을 무시하고 채소 호빵 반쪽을 한입에 욱여넣었다.

"크허어억."

"크흐흐흑…… 맛있겠다……"

"우, 웁니까?"

민혁은 당혹스러웠다. 열댓 명이서 호빵 하나에 우는 모습이 참으로 가관이었다.

곧 야채 호빵에서 손톱 반쪽의 반보다 더 작은 고기 조각이 떨어졌다.

"우오아악, 내 거야!"

"야이, 내가 네 상관이야! 지금 상관보다 고기 조각 하나가 중요하다는 거냐?"

"당연한 거 아닙니까!"

그들은 그 고기 조각 하나 때문에 자신들끼리 치고받고 싸우고 난리도 아니었다.

그러다 한 유저가 고기 조각을 입에 넣는 데 성공했다.

그 순간.

퍼지이이익!

다른 유저가 그의 머리를 도끼로 쪼갰다.

"……와, 저 조그마한 부스러기 먹었다고 팀킬을 하다니."

민혁은 설마 자신도 저럴까 고민하다가 고개를 저었다.

"난 그럴 리 없지."

그는 현실을 부정했다.

이어서 민혁은 반카오가 된 그들이 다시 흙을 파 먹는 걸 보고는, 다시 그들 앞으로 다가가 프라이팬으로 경쾌하게 때렸다.

탱!

탱!

그들에게서 엄청난 양의 골드와 아티팩트가 후두둑 드랍되기 시작했다.

그렇게 대부분을 강제 로그아웃시킨 후에 단 한 사람만이 남았는데, 바로 이들을 이끌고 온 힐튼이었다. 그는 여전히 흙을 먹고 있었다.

"우걱우걱!"

힐튼은 미치고 팔짝 뛸 노릇이었다.

'으아아, 몸을 움직이고 싶은데, 내 마음대로 안 되잖아!'

자신의 앞으로 서서히 다가오는 민혁을 보며 그는 절망했다. 죽으면 아티팩트와 골드를 떨어뜨린다.

'제발, 그것만은 안 떨궜으면……!'

그때.

"배고파아아아! 크흐읍, 미, 민혁 님……. 저 좀 묶은 상태에서 놈 앞으로 데려다주세요……!"

로반이 겨우 이성의 끈을 붙잡고 말했다.

민혁은 그에게 다가가 나무에 묶인 그를 풀고 다시 몸만을 꽁꽁 묶었다. 그리고 그를 부축해 힐튼의 바로 앞에 데려다 놨다.

로반은 힐튼과 아레스 길드에 대한 분노가 상당했다. 그들이 먼저 선전포고를 했고 우르르 몰려와서 PK를 감행하려고 했으니까. 그 때문에 최대한 힐튼에게 흑역사를 선사하고 싶었다.

로반은 무릎 꿇은 상태에서 힘겹게 기었다.

"끄으으, 배, 배고파아……."

그러면서 힐튼의 귓가로 자신의 입을 가져다 속삭였다.

"레전드 넘버원."

'이, 이 ×발 놈이!

대놓고 자신을 조롱하는 로반!

레전드 넘버원이라는 뜻은 아레스 길드 위에 레전드 길드가 있다는 의미였다.

그리고 로반은 배고픔을 참을 수 없는지 힐트의 귀 앞에 대고 숨을 헐떡거렸다.

"하아아, 하아하아, 하아아아…… 배고파아, 널 먹어버리겠어."

'이, 이 미친놈아, 귀에 입김 좀 그만 불어!'

끔찍한 자극에 힐트의 몸이 부르르르 하고 떨렸다.

이어 로반이 말했다.

"귀가 만두 같아."

할짝.

배고픔을 참지 못한 로반이 혀로 힐트의 귀를 핥았다. 그에 힐트는 더 격렬하게 거부하듯 움직였으나, 결국 배고픔을 참지 못한 로반이 입을 벌려 힐트의 귀를 깨물었다.

"만두, 먹는다! 와구!"

콰지익!

"끄아압!"

"떽! 그거 먹는 거 아니에요. 로반 님!"

"으적으적, 만두 맛있어!"

"흠……."

로반이 진심으로 미쳤다는 걸 확인한 민혁은 고개를 절레절레 저으며 프라이팬을 꽉 쥐었다. 그리고 힐트의 머리를 내려쳤다.

탱!

불쌍한 힐튼(?)을 구출한 민혁은 주변을 둘러봤다. 회수하지 않은 아티팩트와 골드가 사방에 널려 있었다.

"배고파아아아! 내 만두우!"

로반은 배고프다고 아우성치면서 바닥을 굴러다녔다.

혀를 쯧 찬 민혁은 그를 다시 나무에 묶은 후에 아티팩트와 골드를 획득하기 시작했다.

[1,372만 골드를 획득합니다.]

[아카스의 장갑을 획득합니다.]

[2,131만 골드를 획득합니다.]

[이프리트의 눈물 갑옷을 획득합니다.]

[9,451만 골드를 획득합니다.]

[바로밀의 검을 획득…….]

PK를 해서 획득하는 경우는 파티 자동 분배 시스템이 활성화되지 않는다.

알림은 끊임없이 들려왔는데, 아직 레벨이 높지 않은 유저들이어도 꽤 고가의 레어 아티팩트가 즐비했고 아주 간혹 유니크도 보였다. 또한, 골드도 만만치 않았다.

민혁은 마지막으로 힐튼 앞에 멈춰 섰다.

[9,261만 골드를 획득합니다.]

[아우스의 투구를 획득합니다.]

　모두 획득한 민혁은 획득한 골드를 확인해 봤다. 총 9억 3천 골드였다. 거기에 획득한 아티팩트들까지 판매한다면 거의 30억 골드를 얻을 수 있으리라.

　'오, 이 정도면 팔아서 맛있는 명약을 사 먹을 수 있겠는데?'

　민혁은 흐흐하고 웃었다. 그러면서 쓸 만한 아티팩트들을 확인해 보기 시작했다.

　일단 무기의 경우는 제외했다. 민혁의 엘레의 검이나 혹은 프라이팬과 견줄 만한 것들이 없었으니까.

　그렇게 둘러보던 중 민혁은 투구 앞에서 감탄사를 뱉었다. 그것은 힐튼이라는 유저가 떨어뜨렸던 투구였다.

(아우스의 투구)

등급: 유니크

제한: 힘 240, 민첩 120

내구도: 4,000/4,000

방어력: 311

특수 능력:

　• 힘+3, 민첩+5

　• 마법 방어력+50

설명: 과거 왕의 무덤을 지켰던 전사 아우스가 착용했던 투구이다.

꽤 좋아 보이는 투구였다.

하지만 힐튼은 투구를 착용하지 않고 있었었다. 아마도 '제한'을 충족시키지 못해서인 것 같았다.

투구에는 일단 마법 방어력이 붙어 있었고 무엇보다 방어력 자체가 높았다. 현재 민혁이 착용하고 있는 실프의 레더 아머와 방어력이 견줄 만할 정도!

본래 갑옷이 가장 방어력이 높고, 투구, 부츠, 장갑과 같은 것들은 방어력이 반절 정도다. 하지만 이 아우스의 투구의 방어력은 월등히 높은 편이었다.

민혁은 지체하지 않고 착용했다.

아우스의 투구는 눈과 코, 입을 제외한 부분을 가리는 디자인이었다. 거기에 두 개의 뿔이 달려 있었다. 때문에 불편할 것이라고 생각했는데, 착용하자 예상외로 시야 확보도 잘 되고 숨을 쉬거나 무엇을 먹는데 지장이 전혀 없었다.

전리품을 모두 획득한 민혁은 로반을 다시 나무에서 푼 후에 양손과 몸만을 묶었다.

"킁킁킁킁, 아까 여기에 먹을 거 숨겨놓은 거 다 봤어!"

로반은 마치 강아지처럼 묶인 상태에서 민혁의 몸 냄새를 맡아댔다.

민혁은 그의 뒤통수를 힘껏 때렸다.

퍼엇!

"아니, 왜 남의 겨드랑이에 코를 묻고 냄새를 맡아요!"

"커헉, 맛있는 냄새가 난다……!"

"제 겨드랑이에서요?"

민혁은 이상하다는 표정으로 로반을 바라봤다. 혹시 식초가 들어간 음식을 좋아하는 것일까?

민혁은 옆에서 배고프다고 아우성치는 로반을 이끌고 계속해서 앞쪽으로 나아갔다. 나아가는 동안은 특별히 몬스터를 마주치거나 트릭에 걸리지 않았다.

그렇게 걷던 중.

[7대 죄악의 시련 중 하나를 이겨내셨습니다.]

[명성 30을 획득합니다.]

[경험치 500만을 획득합니다.]

[히든 필드에 입장하셨습니다.]

[레벨업 하셨습니다.]

[레벨업 하셨습니다.]

[레벨업……]

민혁은 끊임없이 울리는 알림을 볼 수 있었다. 이번 보상으로 자그마치 13 레벨업을 할 수 있었다.

'이제 곧 있으면 엘레의 식칼 봉인이 풀리네?'

어느덧 엘레의 식칼 2차 봉인이 풀리기까지 2 레벨업이 남은 상황이었다. 그리고 로반도 마찬가지로 명성을 얻고 폭렙을 한 듯했다.

무엇보다 가장 중요한 건, 그가 정신을 차렸다는 거였다.

"코에서 계속 식초 냄새가 나요……."

"……."

민혁은 말없이 로반을 묶고 있던 밧줄을 모두 풀어줬다.

자유로워진 로반은 의아한 표정을 지었다.

"히든 필드에 입장했는데, 어째서 경험치 두 배 드랍률 두 배 알림이 안 뜬 걸까요?"

"그러게요."

죄악을 이겨낸 후에 진짜 필드에 들어섰다. 근데 두 배의 특혜가 없다는 거다.

"히든 퀘스트 클리어 조건은 뭔가요?"

"저주를 이겨내고 나아가 필드에 있는 모든 몬스터 사냥입니다."

민혁은 고개를 주억였다.

그 말은 이제 곧 몬스터가 나올 거라는 의미였다.

민혁과 로반이 숨을 죽이고 안쪽으로 들어가기 시작했다.

탓!

폴짝!

그때 민혁과 로반은 지면을 박차는 소리를 들을 수 있었다.

"두꺼비입니다!"

로반이 하늘 높이 뛰어오른 거대한 크기의 존재를 확인하고 말했다.

뛰어오른 존재는 정말 거대한 크기의 두꺼비였는데, 둘을 발견한 두꺼비의 입에서 초록색 뿌연 액체가 뿜어져 나왔다.

"푸화아아!"

민혁과 로반이 반사적으로 피해냈다. 액체는 두 사람이 있던 곳의 땅과 돌 위에 직격했다.

푸쉬이이익!

돌이 녹아내리는 모습!

민혁과 로반이 서둘러 독두꺼비를 향해 달려들었다.

[스텝]

[1m 거리를 빠르게 이동합니다.]

점프했던 녀석이 바닥에 착지하는 순간, 근처에 있던 민혁이 놈이 다시 입을 벌려 독을 뿜어내기 전에 거리를 좁히고, 그 상태에서 힘껏 검을 찔렀다.

[분노하는 검]

[강한 찌르기에 공격력 50%가 추가되며 급소 찌르기에 성공할 시 총 80%의 힘을 더 냅니다.]

푸지익!

콰아아아아앙!

옆구리를 찔린 독두꺼비가 뒤로 나뒹굴었다.

그 틈을 놓치지 않고 로반이 빠르게 접근해 독두꺼비의 몸을 위에서 아래로 가격했다.

퍼지이익!

그 순간 민혁에게 알림이 들렸다.

[레벨업 하셨습니다.]

"……?"

민혁은 의아한 표정을 지을 수밖에 없었다.

로반은 민혁이 멈춰 있자 고개를 갸웃했다.

"왜 그래요?"

"저 레벨업 했어요."

"오, 또요? 경험치가 거의 레벨업 직전이었나 봐요?"

"아닌데요. 레벨업까지 경험치 78%였는데……."

"……?"

로반은 그게 무슨 헛소리냐는 듯한 표정으로 자신의 경험치를 확인해 봤다. 그런데 조금 전까지 125레벨에 66%였던 경험치가 지금은 95%가 되어 있었다.

"뭐, 뭐야……!"

한 마리를 사냥했는데 경험치가 95%까지 올라가다니?

그는 이어서 독두꺼비가 드랍한 것을 주웠다.

[파티: 로반 님이 12만 3천 골드를 획득합니다.]

파티 자동 분배 시스템으로 골드의 경우 자동으로 민혁과 로반이 나눠 갖는다. 즉, 독두꺼비 한 마리에게서 드랍된 골드가 24만 6천 골드라는 이야기다.

독두꺼비는 레벨 약 120 정도로 추정됐다. 본래 이 정도의 놈들은 많아야 2천 골드를 떨구는데, 거의 10배가 넘는 드랍률이었다. 이것은 경험치와 드랍률이 엄청나다는 의미.

"……저희 폭렙할 수 있겠는데요?"

로반이 부르르 떨면서 말했다. 정확한 경험치 획득률은 알수 없었지만, 일반 히든 던전과 비교했을 때보다도 훨씬 더 후한 보상이었다.

"하긴, 생각해 보면 7대 죄악의 저주를 깬 것은 저희가 처음이니까요. 정보도 열람된 게 하나도 없고요."

민혁은 그 말을 듣고 고개를 끄덕였다.

"아, 근데 아까 그놈들하고 싸운다고……."

로반은 미간을 구기면서 자신의 대검을 이리저리 둘러봤다. 대검의 내구도가 대부분 닳아 있었다. 내구도가 20% 미만까지 떨어지게 되면 대검의 공격력과 특수 능력 자체가 떨어지게 되기에 로반은 머뭇거렸다.

"제가 수리해 드리겠습니다."

"……서, 설마 대장장이 기술도 익힌 거예요?"

"넵."

"언제 익혔는데요?"

"일주일 안 됐어요."

기억을 떠올리며 하는 말에 로반은 고개를 저었다.

"됐습니다. 제 대검, 이래 보여도 에픽입니다. 초급 대장장이한테 맡길 순 없는 노릇이죠."

"저 중급인데요."

로반은 그 말을 듣고 민혁을 바라봤다.

이젠 놀랍지도 않았다.

로반이 민혁에게 자신의 아티팩트인 '피를 머금은 발로의 대검'을 건넸고, 민혁은 론의 대장간을 떠나기 전에 그에게 구매한 모루를 꺼냈다.

민혁은 전설의 초콜릿 낙원에서 얻었던 스킬 포인트의 다섯 개 중 세 개를 중급 붕대에 투자하고 대장장이 기술에 두 개를 투자해서 현재 중급 붕대는 총 6레벨, 그리고 대장장이 기술은 초급을 지나 중급 대장장이 기술 2레벨이 되었다.

"수리!"

스킬을 사용하자 역시나 두드려야 할 곳이 보였다.

민혁은 힘껏 두드리기 시작했다.

태앵! 태앵!

'배운 지 일주일밖에 안 되셨는데도, 자세가 제법이신데?'

중급 대장장이는 무척 많은 숫자가 있었다. 사실상 비전투직 직업 중에서 대장장이 능력이 가장 인기가 컸기 때문이었다.

로반은 중급 대장장이인 민혁이 내구도만 조금 올려줘서 이곳을 무사히 빠져나갈 때까지 버틸 수 있으면 감지덕지라고 생각하며 수리를 기다렸다.

이어서 민혁은 대검의 수리를 끝냈다.

[피를 머금은 발로의 대검을 최고로 잘 수리하셨습니다.]
[내구도가 대폭 상승합니다.]
[잘 녹슬지 않게 됩니다.]
[공격력이 상승합니다.]
[손재주 1을 획득합니다.]

2장
독두깨비의 왕

"수리 다 했어요."

"히야, 수리가 꽤 잘 됐나 본데요?"

로반은 알림을 들을 수 없었기에 '최고로' 잘 수리되었다는 걸 몰랐다. 단지, 외형만 보고 판단했을 뿐.

이어서 민혁이 말했다.

"날도 다듬어 드려요?"

"옙, 그러면 좋죠."

"날 다듬기!"

[피를 머금은 발로의 대검의 날을 최고로 잘 다듬었습니다.]

[내구도가 상승합니다.]

[공격력이 상승합니다.]

모두 끝낸 민혁은 흡족한 표정으로 대검을 건넸다.

로반은 대검을 받아 들었다.

'겉보기에는 꽤 그럴싸한데……'

사실 광산에서의 루완이 '최고'를 알아봤던 이유는 그가 대장장이로 전직하기 위해 꾸준히 공부했기 때문이다.

반대로 로반은 게임을 하면 무조건 전사처럼 강한 캐릭터를 해야 한다는 신조를 갖고 있기 때문에 그런 부분에서는 다소 정보가 부족했다. 어찌 보면 보는 것만으로도 그걸 알아본 루완의 눈썰미가 좋은 것이기도 했다.

민혁이 건넨 대검을 확인한 로반이 고개를 갸웃했다.

'어……?'

그는 고개를 갸웃거리며 다시 한번 확인해 봤다.

'어……!'

로반은 감탄할 수밖에 없었다.

공격력이 30이나 상승했다. 거기에 특수 능력으로 힘과 민첩도 각 1씩 상승했다. 지금껏 주로 상급 대장장이들에게 수리나, 날 다듬기를 맡겼지만 이런 적은 한 번도 없었다. 그런데 이게 어찌 된 일이란 말인가?

"호, 혹시 최고가 뜬 건가요?"

"네, 전 최고가 되게 잘 뜨거든요."

"……그런."

로반은 감탄했다.

실질적으로 민혁의 대장장이 실력은 상급 대장장이들보다 나았다. 그들도 최고가 뜨는 경우는 흔치 않았으니까. 거기에 민혁은 손재주 스텟 특혜로 모든 손재주 관련 스킬이 두 배의 힘을 내지 않던가.

로반은 아까 전부터 스멀스멀 피어오르던 생각이 다시 들었다.

'민혁 님은……'

정말 데려오고 싶은 사람이다. 레전드 길드에.

그는 뛰어난 딜러다, 강력한 한 방을 가지고 있다. 또한, 그는 뛰어난 탱커이기도 하다. 남들과 확연히 다른 HP양을 보유하고 있었고 마법 방어량도 마찬가지였다. 그리고 꽤 실력 있는 요리사이기도 했다.

'길마님이 요새 요리사를 그렇게 찾고 계신다는데, 한 번 추천해 볼까?'

민혁 정도면 분명히 성장했을 때 엄청난 랭커가 될 것이라는 게 그의 생각이었다.

그리고 그런 생각을 끝내기 전.

"다시 폭렙의 시간이 돌아왔습니다."

"……."

로반은 또 한 번 미친 사냥이 시작되었음을 알 수 있었다.

"하아."

괜스레 한숨이 흘러나왔다.

푸화아앗!

사냥은 계속 순조롭게 이어졌다. 민혁의 검이 마지막 남은 독두꺼비를 베어냈다.

[레벨업 하셨습니다.]

[엘레의 식칼의 2차 봉인이 해제됩니다.]

민혁은 흡족한 미소를 지으며 엘레의 검을 확인해 봤다.

(엘레의 검)

등급: 에픽

제한: 1차 제한 없음, 2차 제한 120레벨

내구도: ∞/∞

공격력: 311+50

특수 능력:

• 힘+4, 민첩+3

• 스킬 용맹의 일격

1차 특수 능력:

- 손재주 습득률×4
- 손재주+40
- 검에 장착 가능
- 자동세척 가능
- 요리의 도구로 모양 변화 가능

2차 특수 능력:

- 스킬 회수
- 스킬 딛고 일어서는 자
- 버프량×2

설명: 여제가 이필립스 제국 최고의 요리사인 랜에게 하사한 아티팩트.

'오…….'

공격력의 경우 기존의 엘레의 검보다 100이나 상승했고, 거기에 더해져 새로운 스킬이 두 개가 추가되었다.

민혁은 새로운 스킬을 바로 확인해 봤다.

(회수)

아티팩트 스킬

레벨: 없음

소요 마력: 5 / 쿨타임: 없음

효과:

• 30m 내에 있는 엘레의 검을 회수한다.

설명: 던졌거나 혹은 놓쳤을 시 다시 회수하기에 유용한 능력이다.

(딛고 일어서는 자)

아티팩트 스킬

레벨: 없음

소요 마력: 300 / 쿨타임: 168시간

효과:

• HP가 0이 되었을 때 1로 상승하며 3초 무적 상태가 발동된다. 이때 모든 능력치가 30% 상승한다.

회수는 평범해 보였지만 전투 중에 쏠쏠히 쓰일 유용한 스킬 같았다.

그리고 딛고 일어서는 자의 경우는 말 그대로 최후의 보루로 보였다. HP가 0이 되었다는 건 말 그대로 강제 로그아웃 상태라는 건데, 그때 HP가 1로 올라가고 3초 무적이 되며 더욱 큰 힘을 발휘한다. 나쁘지 않았다.

거기에 버프량이 두 배가 된다는 것은 민혁이 버프를 담은 요리를 하루에 더 많이 만들 수 있다는 의미였다.

민혁은 흡족하게 고개를 끄덕였다.

"삐이이이이이!"

[그리폰의 비명]

[반경 20m 내 몬스터들의 시선을 70~80% 확률로 집중시킵니다.]

[반경 10m 내에 있는 길드원, 파티원이 13~18%의 5대 스텟 상승 효과를 얻습니다.]

폴짝폴짝!

독두꺼비들이 다시 몰려왔지만, 로반과 민혁은 합을 꽤 맞췄기에 이제 놈들이 열 마리가 넘어도 무리가 없는 사냥이 가능했다.

[난무하는 검]

[5초 동안 무차별적인 검의 난무에 30% 추가 대미지가 붙습니다.]

푸화아아앗!

푸화아아앗!

빠른 속도로 민혁의 검들이 무차별적으로 몰려드는 독두꺼비들의 몸을 깊게 베고 지나갔다.

그 후에는 로반이 뛰어들었다.

[대검술 연격]
[네 번 빠른 속도로 대검을 휘두릅니다.]

푸지익!
"뿌엑!"
퐈지익!
"뿌에엑!"

[레벨업 하셨습니다.]
[레벨업…….]

민혁과 로반은 계속해서 들려오는 알림에 흡족한 미소를 지었다. 그렇게 두 사람은 말 그대로 광렙을 했다.
어느덧 민혁의 레벨이 148이 되어 목표했던 레벨과 가까워졌을 때, 또 다른 즐거운 알림을 들을 수 있었다.

[엘레의 검술이 레벨업 합니다.]
[1장. 분노하는 검의 강한 찌르기 공격력이 3% 상승합니다.]
[2장. 난무하는 검의 지속 시간이 5초에서 6초로 상승합니다.]
[3장. 엘레의 검술 시전 시간이 5분에서 6분으로 상승하며 스텟 상승률이 2% 상승합니다.]
[4장. 스텝 사용 시 두 걸음을 뗄 수 있게 됩니다.]

스킬의 첫 레벨업은 앞으로 스킬의 성장이 어떻게 이루어질지 예측할 수 있게 해준다.

분노하는 검은 매 레벨업마다 3%씩 성장. 난무하는 검은 지속 시간 상승, 엘레의 검술도 시전 시간이 상승되었으며, 스텟 2% 상승 효과까지. 거기에 스텝은 한 걸음 떼던 것에서 두 걸음 빠르게 뗄 수 있게 되었다.

민혁은 흡족한 표정을 지었다.

"이제 슬슬 다 잡았나 본대요?"

로반이 말했다. 확실히 이제 주변에선 몬스터를 찾아보기 힘들었다.

바로 그때.

콰아아아앙!

벼락이 내리치며 한 마리의 몬스터가 등장했다. 그는 이제까지 등장했던 그 어떠한 녀석들보다도 거대했는데, 그 크기가 거의 2톤 트럭만 했다.

[대마도사 아필드의 독두꺼비 왕이 등장합니다.]

독두꺼비 왕은 척 보기에도 범상치 않아 보였기에 로반은 긴장을 늦추지 않았다. 거대한 크기의 놈이 한 걸음 뗄 때마다 마치 오우거가 걸음을 움직이듯 했다.

시선을 돌리던 로반은 부르르르 몸을 떨고 있는 민혁을 발견할 수 있었다.

"미, 민혁 님……?"

처음이었다. 민혁이 이처럼 몸을 떠는 것은 처음 본다.

'하긴, 대마도사 아필드라면 한때 대륙을 공포에 떨게 만들었던 자라는 소문이 무성하지. 그가 거느리는 독두꺼비 왕의 등장!'

하지만 로반의 생각과 정반대였다.

"로, 로반 님……."

"예?"

"저 독두꺼비의 입에서 뿜어지는 독이, 간장이래요!"

"……그게 무슨 소리예요?"

"입에서 뿜어지는 독이 엄청나게 맛있는 간장이라고요!"

"……?"

로반은 도대체 무슨 소리인지 모르겠다는 표정이었다.

[대마도사 아필드의 독두꺼비 왕이 등장합니다.]

그 알림과 함께 민혁은 독두꺼비 왕이라는 녀석을 바라봤다. 괴식의 식신의 경우 처음 네임드 몬스터를 발견했을 때, 먹을 수 있는지 없는지를 가르쳐 준다. 그 몬스터에게서 검은 빛이 흘러나오면 먹을 수 있는 것, 그 어떤 빛도 없다면 못 먹는 거다. 한데, 저 독두꺼비는 보는 순간, 검은빛이 흘러 나왔다.

게다가 놈에게서 얻을 수 있는 재료가 딱 한 가지 나타났는데, 바로 이것이었다.

[독두꺼비 왕에게서 얻을 수 있는 재료]
[독 간장]
[독 간장은 사냥하지 않으셔도 추출할 수 있으며 독두꺼비의 입에서 뿜어져 나오는 독이 바로 독 간장입니다.]
[독 간장은 처음 복용 시에 특별한 효과를 발휘합니다.]

이제까지 어떤 몬스터를 괴식의 식신으로 먹을 때도, 이처럼 도중에 재료를 얻을 수 있던 적은 없었다.

더 놀라운 것은 바로 이것이었다.

'처음 복용 시 특별한 효과를 발휘한다?

그리고 민혁은 떠올렸다.

'독 간장은 더 맛있을 테지? 그 독 간장으로 간장계란밥을 해서 쓱싹쓱싹 비비는 거야, 그다음 잘 익은 깍두기나 김치를 올려 먹으면?'

상상만으로도 감탄이 절로 나왔다.

그뿐만이 아니다. 간장이라는 것은 마법의 힘을 가졌다. 미역국이나, 소고기뭇국, 혹은 다양한 찌개 요리에 간장 한 스푼으로 더 깊은 맛이 나는 마법이 발휘된다.

또한, 민혁은 200레벨이 되면 바다로 갈 것이다. 그곳에서 꽃게를 잡으면 꼭 먹어보고 싶은 음식이 있었는데, 바로 간장게장이었다.

저 독 간장으로 간장게장을 한다. 그 후에 간장이 잘 스며들어 숙성된 간장게장의 등껍질을 분리한다. 그 순간 모습을 드러내는 황금 같은 속살과 꽉 들어찬 알들.

꿀꺽-

민혁의 목울대가 침을 삼키며 넘어갔다.

게 다리를 집어 쭉쭉 빨아먹는다. 그리고 밥을 몇 순가락 퍼서 크게 먹어준다. 그 후 딱지에 들어찬 그것들을 밥 위로 가져다 슥삭 슥삭 비비고 입에 넣으면……. 짭조름하면서도 고소한 간장게장이 밥과 만나 환상의 맛을 자아낼 것이다.

그의 몸이 전율에 벌벌 떨렸다.

"미, 민혁 님……?"

로반이 걱정스러운 어조로 그를 바라봤다.

곧이어 부르르 전율하던 민혁이 말했다.

"저 독두꺼비의 입에서 뿜어지는 독이, 간장이래요!"

"……그게 무슨 소리예요?"

"입에서 뿜어지는 독이 엄청나게 맛있는 간장이라고요!"

"……?"

로반은 여전히 고개를 갸웃했다.

바로 그 순간, 독두꺼비 왕의 몸이 크게 부풀어 올랐다.

민혁은 전투 준비를 했다. 이미 전장의 지배자 효과는 독두꺼비 왕을 마주한 순간 발동되었다. 그것은 저 독두꺼비가 168의 레벨을 넘는다는 의미이기도 했다.

[엘레의 검술]
[6분 동안 모든 스텟이 17% 상승합니다.]
[회피율이 30% 상승합니다.]
[치명타율이 30% 상승합니다.]

"독 간장게장…… 먹는다……!"

비장한 의지로 민혁이 빠르게 움직였다.

"민혁 님, 제발, 작전 좀 짜고 움직여요! 놈의 독은 엄청날 거라고요. 이제까지 상대했던 독두꺼비들과 차원이 달라요!"

일반 독두꺼비들의 독도 공격당한 순간 갑옷이 곧바로 부식되어 버렸다. 그뿐만이 아니라 피부에 닿는 순간 몸이 녹아내리는 듯한 고통에 시달려야 했다.

만약 민혁이 해준 붕대 감기가 아니었다면 HP 20%가 그대로 닳아버렸을 것이다. 그러니, 독두꺼비 왕의 독은 어떻겠는가!

하지만 그걸 무시하고 달려 나가는 민혁을 보며 로반도 미치겠다는 듯한 표정으로 달렸다.

그 순간 부풀어 올랐던 독두꺼비의 왕의 입에서 맹렬한 맹독이 뿜어져 나왔다.

"푸화아아아앗!"

독두꺼비 왕이 뿜어내는 독의 양은 엄청났다.

강렬한 회전을 일으키며 날아오는 독에 민혁은 재빠르게 프라이팬을 거대화시켰다.

[프라이팬 거대화]
[마력량에 따라 프라이팬 크기를 조절할 수 있습니다.]

민혁은 거대화한 프라이팬을 앞으로 뻗었다. 그리고 독과 프라이팬이 직격한 순간이었다.

푸쉬이이이익!

프라이팬에 하얀 연기가 피어오르기 시작했다. 부식되는 것이다. 하지만 민혁의 프라이팬은 전설의 프라이팬. 쉬이 부식되는 것 같진 않았다.

독을 막아낸 상태에서 민혁은 서둘러 프라이팬을 뒤집었다. 그리고 바닥에 뚝뚝 떨어지려는 독들을 뒤집은 프라이팬으로 받아냈다. 그다음 서둘러 식품 보관 인벤토리에 손을 뻗었다.

"혹시 이럴 때를 대비한 비장의 무기라도 있는 겁니까?"

다급하게 인벤토리를 뒤지는 듯한 모습에 로반은 독두꺼비 왕을 경계하며 말했다. 그에 민혁은 비장한 표정으로 고개를 끄덕이며 그것을 쑥하고 꺼냈다.

"어, 어묵……?"

로반은 당혹한 표정을 지었다.

민혁이 꺼낸 것은 다름 아닌 어묵이었다. 김이 모락모락 피어오르는! 미리 식품 보관 인벤토리에 넣어놓고 배고프면 먹으려고 했던 녀석.

민혁은 그 어묵을 서둘러 프라이팬에 담긴 간장에 가져갔다. 그리고 콕 찍어서 야무지게 반절을 베어 물었다.

뜨뜻한 어묵에 적당히 발린 독 간장. 독 간장은 정말 눈이 번뜩 뜨일 정도로 맛있었다. 너무 짜지도 않았고 그러면서도 깊은 구수한 맛이 있었다.

[독두꺼비 왕의 독을 복용하셨습니다.]

[HP가 빠른 속도로 감소합니다.]

[일시적 환각 상태에 빠집니다.]

[괴식의 식신에 따라 음식 페널티를 무시합니다.]

"……님, 그걸 먹으면 어떻게 해요!"

로반은 경악했다.

그가 배고파서 전투 도중 어묵을 먹으려는 건 줄 알았다!

그런데, 독에 찍어 먹다니!

한데, 놀랍게도 민혁은 멀쩡했다.

[독두꺼비 왕의 독 간장을 복용하셨습니다.]
[스킬 포인트 4를 획득합니다.]

"우물우물. 크흐, 맛있어!"

로반의 우려와 다르게 민혁은 감탄하고 있었다.

그렇게 어묵을 다 먹어가던 민혁과 독두꺼비 왕의 눈이 마주쳤다.

흠칫!

독두꺼비 왕이 한 걸음 뒤로 물러났다.

그걸 본 로반은 독두꺼비의 심정이 이해가 됐다.

'저런 미친놈은 살다 살다 처음이지? 나도 처음이다……'

독두꺼비 왕은 저 이상한 놈을 서둘러 죽여야겠다는 듯, 독을 폭사시켰다.

푸화아아아아악!

놈의 몸 곳곳에서 구멍이 생겨났다. 그 구멍에서 피어오르는 수백여 개의 손톱만큼 작은 독 구슬들! 그 독 구슬들이 맹렬한 기세로 로반과 민혁을 향해 쏘아져 오기 시작했다.

푸화아아아악!

[난무하는 검]
[6초 동안 무차별적인 검의 난무에 30% 추가 대미지가 붙습니다.]

난무하는 검이 수백여 개의 독 구슬들을 허공에서 쳐내기 시작했다.

그러면서 민혁은 빠르게 입을 움직여 날아오는 독 간장을 향해 고개를 빼꼼 내밀었다.

"와구! 오오오, 이거 안 짜서 그냥 먹어도 맛있어!"

독들을 쳐내며 얼굴로 날아오는 독들은 먹어버리는 민혁의 모습은 가관이었다.

이어서 수백 개의 독 구슬을 쳐낸 민혁은 재빠르게 독두꺼비 왕과의 거리를 좁혔다. 독두꺼비 왕의 얼굴은 엄청난 공포에 질려 있었다. 녀석은 뒷걸음질 쳤다.

그리고 민혁은 독 간장 채취 작업을 위해 녀석을 생포하자고 생각했다.

로반은 정말 불쌍하다는 표정으로 독두꺼비의 왕을 바라봤다.

등장할 때만 하더라도 녀석은 위엄이 철철 넘쳐흘렀다. 대마도사 아필드의 독두꺼비의 왕! 7대 죄악 식탐의 끝에 있는 보스 몬스터이지 않은가. 하지만 지금 독두꺼비의 왕은 한낱 간장 추출용(?) 두꺼비로 전락해 버렸다.

독두꺼비를 포획해서 밧줄로 꽁꽁 묶은 민혁은 녀석이 입에서 뿜어내는 독들을 프라이팬에 그대로 받아냈다. 그리고 그 앞에서 노래를 불렀다.

"두껍아, 두껍아. 주먹 줄게, 간장 다오. 두껍아 두껍아. 주먹 줄게, 간장 다오."

"푸화아아악!"

"오오오, 고마워!"

민혁은 녀석이 뿜어내는 독들을 프라이팬으로 막아내고 떨어지는 그것들을 잽싸게 받아내는 행위를 반복했다.

그 모습을 지켜보는 로반은 갈수록 독두꺼비 왕의 몸이 작아지는 것을 볼 수 있었다.

곧 본래 크기의 반절만큼 작아진 독두꺼비의 왕!

'어……?'

그리고 독두꺼비 왕의 몸이 추욱 늘어졌다.

그 순간, 민혁과 로반에게 알림이 들려오기 시작했다.

[레벨업 하셨습니다.]

[레벨업…….]

민혁만 하더라도 레벨업 알림을 자그마치 열 번을 들을 수 있었다. 그런데 거기서 끝이 아니었다.

[직업 퀘스트: 식신의 유물 봉인이 해제됩니다.]

민혁은 바로 퀘스트 정보를 열람해 봤다.

[직업 퀘스트: 식신의 유물]
등급: ?
제한: 150레벨
보상: 경험치 10만
실패 시 페널티: 모든 스텟-100
설명: 살아생전의 식신은 아테네라는 세상의 곳곳을 유람하며 많은 전설과 신화, 그리고 강자들을 접해왔다.

그 과정에서 먹었던 요리 중 가장 맛있고 황홀했던 요리를 그는 후손을 위해 곳곳에 남겨두었다.

식신은 이를 신의 요리라 명명했다. 이는 총 다섯 가지가 존재한다. 그중 첫 번째 요리가 있는 위치를 요리사의 탑의 전 탑장 보로토만이 알고 있다.

그를 만나 신의 요리의 행방을 확인하라.

'와…….'

듣기만 해도 설렌다. 식신은 민혁만큼이나 식탐이 많았던 인물이었다. 그러한 인물이 엄선한 다섯 가지 요리!

민혁은 고개를 주억였다. 그러다가 아차 했다.

'황금의 땅 지도!'

고블린 토벌대에 갔을 당시에 자신을 기습하려고 했던 이들이 떨구었던 지도였는데, 이 역시 봉인되어 있었다.

민혁은 황금의 땅의 지도도 겸사겸사 확인했다.

(황금의 땅 지도)

제한: 레벨 130

설명:

• 찢으면 황금의 땅으로 갈 수 있으며, 워프 시 그곳 보물의 위치를 확인할 수 있다.

민혁은 고개를 끄덕였다.

황금의 땅! 이는 일단 현실로 돌아가면 제대로 검색해 볼 예정이었다.

[파티: 151,023만 골드를 획득합니다.]

[파티: 민혁 님이 대마도사 아필드의 망토를 획득합니다.]

[파티: 로반 님이 대마도사 아필드의 지팡이를 획득합니다.]

민혁은 그 자리에서 바로 확인해 봤다.

(대마도사 아필드의 망토)

등급: 에픽

제한: 레벨 250

내구도: 7,000/7,000

방어력: 60

특수 능력:

- 스킬 투명화
- 마법 방어력+50
- 모든 상태 이상 무시

다름 아닌 또 다른 에픽 아티팩트!

아직 민혁은 레벨이 도달하지 못했기에 착용 불가였다.

아티팩트에는 투명화라는 뛰어난 스킬이 붙어 있었는데, 놀라운 건 투명화 상태에서 2초 동안 적 공격이 가능하다는 거였다. 거기에 모든 상태 이상 무시는 어떠한 것도 상태 이상을 무시할 수 있다는 의미였다. 독, 정신 세뇌, 마법, 그 외의 모든 것을! 꽤 쏠쏠한 보상이었다.

그리고 로반이 얻은 지팡이도 마찬가지인 듯 보였다.

"에, 에픽이네요! 와, 다행스럽게도 정보 확인 가능 아티팩트예요."

로반이 말한 정보 확인 가능 아티팩트라는 의미는, 봉인이 되어 있어도 정보 확인이 가능한 걸 뜻한다.

민혁이 기존에 가지고 있던 엘레의 식칼의 경우 정보 확인 불가능 아티팩트라고 보면 된다. 즉, 레벨이 도달하지 못하면 열람할 수 없다는 거다.

'스킬 포인트도 사용해야지, 붕대 감기 중급 마스터할 수 있어……!'

민혁은 독두꺼비의 독 간장을 처음 먹은 후에 얻은 스킬 포인트 4개를 전부 붕대 감기 중급에 투자했다.

[붕대 감기가 레벨업 합니다.]

[붕대 감기가…….]

[중급 붕대 감기를 마스터하셨습니다.]

[명성 30을 획득합니다.]

[중급 붕대 감기가 고급 붕대 감기로 진화합니다.]

[붕대 감기 중급 마스터 특혜의 봉인이 해제됩니다.]

[스킬 재료회복을 익히셨습니다.]

[중급 마스터 특혜에 따라 손재주 100을 획득합니다.]

[손재주 스텟 1,100개에 따른 특혜가 부여됩니다.]

[식신 직업 스킬을 제외한 손재주 관련 스킬들에 직업과 연관된 특혜가 생성되며 랜덤으로 스킬이 선택됩니다.]

[중급 대장장이 기술이 랜덤으로 선택됩니다.]

[봉인된 특혜를 확인하실 수 있습니다.]

민혁은 가장 먼저 재료회복을 열람해 봤다.

(재료회복)

엑티브 스킬

레벨: 마스터

소요 마력: 재료에 따라 달라짐 / 쿨타임: 없음

효과:

•재료회복

•회복 레시피

민혁은 두 개의 효과의 상세 설명을 클릭했다.

[재료회복. 오랫동안 실온 보관된 우유나, 고기, 더 이상 먹을 수 없을 정도의 음식들까지 가장 신선한 상태로 되돌릴 수 있다.]

[회복 레시피. 모든 음식을 본래의 상태로 되돌릴 수 있는 건 아니다. 아주아주 오래된 음식 재료, 명약, 그 외의 다양한 재료들을 회복시키기 위해선 회복 레시피가 필요하며 그러한 오래된 음식을 회복시키기 위한 회복 레시피를 확인할 수 있다.]

민혁은 흡족한 미소를 지었다.

그다음은 중급 대장장이 기술을 열람했다. 붕대 감기가 그랬던 것처럼 이에도 특혜가 생성되었다고 했으니까.

'오호라'

확인해 본 민혁은 놀란 표정을 지었다.

'요리 재료 감정이라.'

민혁이 듣기로 고급 대장장이들은 감정이라는 능력을 지닌 이들이 아주 극소수로 존재한다고 들었다. 그것과 비슷하다고 볼 수 있을 것이다.

"요리 재료 감정 상세 설명."

[요리 재료 감정. 그 요리에 숨어 있는 고유 능력을 끌어올릴 수 있습니다.]

아직 중급 대장장이 기술을 마스터하려면 좀 남긴 했지만, 민혁은 분명히 유용하게 쓰일 것이라 생각했다.

그리고 마지막. 고급이 된 붕대 감기는 또 얼마나 좋아졌을지 확인했다.

(고급 붕대 감기)

패시브 스킬

레벨: 1

효과:

- 상처 회복률+11%+11%
- 매우 빠른 속도로 상처가 회복된다. (100% 가속)

붕대 감기로만 민혁은 총 22%의 회복을 할 수 있었다. 여기에 흡수 전환까지 사용하면 한 번에 거의 60%까지 회복시킬 수 있게 된 셈.

붕대의 경우 바로바로 감을 수 없는 단점이 존재하지만, 이는 한 사람에 해당하는 것이다. 다른 사람에게 감아주는 건 바로 가능했다.

"로반 님, 아까 여기 다치셨던데."

민혁은 로반에게 다가갔다. 그도 버서커 전용 스킬로 회복을 시킬 수 있지만 쿨타임이 있어 완전한 회복은 불가하지 않던가.

민혁은 그의 팔에 붕대 감기를 사용했다.

"붕대 감기!"

[붕대를 최고로 잘 감았습니다.]
[상처 회복률이 5% 상승합니다.]
[회복 시간이 매우 빨라집니다.]

최고로 잘 감았을 시의 특혜는 본래 2%였다. 하지만 이제 3%가 늘어나 5%가 되었다. 즉, 한 번에 27%가 회복되는 셈.

로반은 붕대를 감자마자 바로 엄청난 속도로 회복되는 상처를 보고 눈을 껌뻑이며 그를 바라봤다.

"어때요, 이제 괜찮죠?"

민혁은 피식 웃었다.

그 순간.

[보스 몬스터 사냥을 완료하셨습니다.]

[필드 밖으로 나가실 수 있습니다.]

[나가시겠습니까?]

두 사람이 동시에 '예'라고 답하자 둘은 순식간에 빛에 휩싸였다.

밖으로 나온 민혁은 아레스 길드에게 쫓겨서 들어왔던 길목으로 돌아온 걸 확인할 수 있었다.

그리고 로반은 순식간에 상처가 회복된 팔의 붕대를 풀어냈다. 말끔히 회복되어 있었다.

그는 자신의 팔을 움직여 보면서 무언가 골똘히 생각하는 표정을 짓다가 이내 생각이 끝난 듯 민혁을 바라봤다.

"민혁 님, 부탁이 있는데요."

"부탁이요?"

부탁이란 말에 민혁은 혹시나 아필드의 망토를 원하는 걸까 하는 생각이 들었다. 만약 그런 거라면 싸게 줄 용의가 있다. 그도 민혁에게 천년하수오를 양보하지 않았던가.

하지만 로반이 한 말은 무척이나 뜻밖이었다.

"저하고 한 번만 겨뤄주세요."

세계적인 동영상 업로드 사이트인 즐투브.

소민은 그곳에서 즐투버로 활동하며 꽤 고수익을 벌어들이는 업로더다.

그녀가 주로 업로드하는 것은 세계적인 인기를 누리고 있는 게임, 아테네. 그녀는 20대 중반이었지만 베르사르에서도 즐투버로서 꽤 높은 조회 수를 기록하기도 한 이 바닥에서 잔뼈가 굵은 업로더였다.

그런 그녀가 어느 날 화장실에서 일을 보다 말고 친구의 전화 한 통을 받았다.

[소민아, 지금 바로 아테네 공식 홈페이지 들어가 봐, 재밌는 영상 떴어!]

'재밌는 영상?'

남이 올린 컨텐츠를 보는 것도 그녀에겐 꽤 의미 있는 일이었다. 그 컨텐츠들을 보면서 요즘의 트렌드를 쫓으니까.

요즘의 아테네 유저들은 뻔한 걸 원하지 않는다. 독특하게 키운 캐릭터, 그러면서도 강해야 했고 심지어 그 캐릭의 주인이 잘생기거나 미녀이면 금상첨화라고 할까?

그녀는 서둘러 아테네 공식 홈페이지에 접속했다.

[1위. 프라이팬 살인마]

그녀는 실시간 검색어 1위에 뜬 내용을 보곤 고개를 갸웃했다.

"프라이팬 살인마?"

[그거 보면 나한테 고마워할걸?]

친구의 말에 그녀는 의아한 표정으로 영상을 클릭해 봤다. 한 유저가 등 뒤에 프라이팬을 메고 미니 트롤과 싸우고 있었다.

'와…… . 진짜 잘생겼다. 얼마만의 눈 정화냐!'

프라이팬을 멘 유저는 감탄이 나올 만큼 잘 생겼다.

곧이어 미니 트롤이 그에게 마법을 사용했다. 그 순간.

[탱!]

프라이팬과 충돌한 마법이 그대로 반사되어 다시 미니 트롤에게 돌아갔다.

'마법 반사……?'

그녀는 깜짝 놀랄 수밖에 없었다.

마법 반사는 마법사 고유의 능력이다. HP가 부족한 마법사들, 그리고 그중에서도 6클래스 이상의 고레벨 마법사들이 가질 수 있는 전유물! 그런데, 저 프라이팬에 그 능력이 있다니?

심지어.

[탱!]

프라이팬에 맞은 미니 트롤이 정신을 차리지 못했다.

소민은 이 영상이 삼박자를 모두 갖췄다고 생각했다. 신선한 컨텐츠. 독특한 캐릭터. 관심을 끌 수 있는 얼굴.

그러던 중이었다. 소민은 깜짝 놀랐다. 얼마나 놀랐던지 큰일을 보던 그녀에게서 방귀가 새어 나왔다.

뽀오오옹~

"투신 로반이잖아?"

[어때, 고맙지?]

"야, 나 바빠."

[김소……!]

친구가 부르기도 전에 소민은 전화를 종료했다.

베르사르의 로반. 그는 미친마, 혹은 미친 사냥마라 불리는 유저다. 그녀도 그의 영상을 몇 번 올린 적이 있었고 실제로 그의 레이드 영상을 찾아본 적이 몇 번 있었을 정도로, 베르사르를 하던 유저들이라면 대부분이 알 정도로 유명한 유저다.

홀로 마족 바렌달과 싸우던 모습! 그리고 그 마족 바렌달을 사냥했을 때, 그에게 부여된 또 다른 이름이 바로 투신 로반.

그는 싸움의 천재다.

'국내 게임 전문가들이 인정한 게이머. 피지컬, 전투 감각, 센스 모든 것을 갖춘 대한민국이 보유한 몇 안 되는 천재 게이머!'

그런 그가 다시 가상현실게임에 출몰했다. 그 사실도 기뻤지만, 더 기쁜 것은. 자신이 지금 절규의 언덕 인근에 있다는 거였다.

그녀는 재빠르게 아테네에 접속했다. 주아라는 닉네임을 가진 그녀는 히든 클래스인 특종의 귀재를 가지고 있었다.

그리고 그녀가 가진 특별한 능력이 있었는데, 바로 '제한 무시'였다. 이 제한 무시는 던전, 혹은 필드에 들어가기 위한 조건을 무시할 수 있다. 단, 그 안에 제한 무시를 사용해 들어가면 공격도, 아이템 획득도, 그 어떤 것도 안 된다.

하지만 사진 촬영, 혹은 동영상 촬영은 가능한 즐투버로서는 최고의 능력이었다.

그녀는 서둘러 로반을 찾아 움직였다.

'다시 한번 투신의 전투를 볼 수 있을지도 몰라……!'

물론 일대일의 전투가 아니라, 몬스터와의 전투일 테지만 그마저도 무척 매혹적이라고 할 수 있다.

바로 그때.

'찾았다……!'

주아는 희열을 느꼈다.

눈앞에 로반과 프라이팬을 등에 멘 유저가 서로를 마주 보고 있었다.

'뭐지? 분위기가 마치 싸우기 직전 같은데……?'

그리고 만약 싸운다면 주아는 단번에 이 즐투버 영상이 높은 조회 수를 기록하리라 믿어 의심치 않았다.

그녀는 설레는 마음으로 바로 생방송을 시작했다.

로반은 사냥뿐만이 아니라, 유저들과의 싸움도 꽤 즐겨 했다. 그리고 뛰어난 실력 덕분에 베르사르에서는 국내에서 모두가 레이드에 실패했다는 마족도 사냥했다. 그 때문에 붙은 또 다른 코드 네임 투신.

그는 민혁과 진심으로 한번 싸워보고 싶었다.

"싸워달라고요?"

"네. 최선을 다해서요. 민혁 님과 한번 싸워보고 싶어요. 그게 제 부탁입니다."

"……알겠습니다. 저 정말 안 봐드립니다."

"넵."

로반은 빙긋 웃었다. 그가 흔쾌히 수긍해 줘서 다행이라는 생각이 들었다.

곧 로반은 전설 클래스 버서커가 가진 비기를 사용했다.

[버서커의 광기를 사용합니다.]

[기본 스텟 50%가 10분 동안 일시적으로 상승합니다.]

[피혈무를 사용할 수 있습니다.]

[반경 5m 내에서 발생한 출혈을 무기로 만들어 적을 공격합니다.]

[대검술의 제한된 3장~5장까지 사용할 수 있습니다.]

[버서커의 광기 페널티가 적용됩니다.]

[3일 동안 몬스터를 사냥해도 경험치를 획득할 수 없습니다.]

[5대 스텟 5가 영구적으로 소멸합니다.]

버서커의 광기는 기본 스텟 50%가 한꺼번에 상승하는 힘을 가진 스킬이었다. 그뿐만이 아니라, 현재 사용할 수 없는 버서커의 다양한 능력들도 봉인 해제할 수 있다. 물론 그만큼 페널티도 컸다.

그럼에도 사용한 이유는 하나였다.

'이 힘을 사용하지 않으면 난 민혁 님을 절대 이기지 못해.'

로반은 그렇게 확신했다.

민혁은 몇 걸음 뒤로 물러났다.

그가 어째서 이러한 것을 요청한 것인지 눈치챌 수 있었다. 사람은 강자를 만났을 때 굽히는 사람과 굽히지 않고 그와 겨루어보고 싶어 하는 사람이 존재했는데, 로반은 후자에 속하는 게 분명했다.

이에 민혁도 자신이 사용할 수 있는 버프 스킬을 모두 사용했다.

이어서 로반이 거리를 좁혀왔다.

수우웅!

'빨라졌다.'

속도가 아까와는 차별화되게 빨라졌다.

로반은 단숨에 거리를 좁혀 그 큼지막한 대검을 마치 레이피어처럼 휘둘렀다. 민혁이 몸을 비틀어 피해내는 순간 빠르게 거리를 좁힌 로반이 대검을 가로로 휘둘렀다.

민혁은 옆구리를 노리는 공격에 재빠르게 방어했다.

콰지익!

검과 검이 부딪쳤을 뿐인데 챙- 이 아닌, 뭔가를 부수는 소리가 들렸다. 그 강력한 힘에 민혁은 순간 휘청였지만, 서둘러 자세를 잡고 로반을 공격했다.

[분노하는 검]
[강한 찌르기에 추가 공격력 53%가 추가되며 급소 찌르기에 성공할 시 총 80%의 힘을 더 냅니다.]

정면으로 찌르고 들어오는 검을 로반은 위에서 아래로 내려치며 상쇄시켜 버렸다.

콰자악!

민혁은 다소 놀랐다. 한 번도 이런 식으로 스킬을 상쇄시키는 이는 보지 못했기 때문이다.

그 순간. 로반도 준비해 왔던 스킬을 사용하며 다시 한번 거리를 좁혔다.

[대검술 멸]
[순식간에 주변의 모든 것을 멸하는 힘.]
[직격 시 추가 출혈이 발생하며 반경 3m까지 영향을 받습니다.]

로반의 검이 붉게 물들었다. 그리고 당장 폭발할 것처럼 요동쳤다.

콰콰콰쾅!

민혁이 멸을 막아내는 순간 묵직한 힘이 그를 집어삼키며 폭발했다. 그 후폭풍은 그가 서 있던 주변의 땅이 폭발하기까지 이르렀다.

자욱한 흙먼지.

로반이 숨을 고르며 다음의 공격을 준비했다.

[대검술 화]
[강력한 화염이 적들을 단숨에 집어삼킵니다.]

화르르르르르륵!

그의 검에 강력한 화염이 맺히고 그 화염이 흙먼지를 향해 날아갔다.

콰아아아앙!

화르르르르르르륵!

붉은 화염이 흙먼지 위로 피어올랐다. 하지만 로반은 긴장을 늦추지 않았다.

그 순간.

수와아아아!

빠르게 달려 나오던 민혁을 본 로반이 그를 향해 대검을 크게 휘둘렀다.

그러나 민혁은 잔상을 남기며 사라졌다.

[스텝]

[1m 거리를 빠르게 두 번 이동합니다.]

로반은 서둘러 몸을 돌리며 뒤쪽으로 검을 휘둘렀다. 그러나 그의 뒤에 있던 민혁이 또다시 잔상을 남기며 옆으로 사라졌다. 그 순간, 로반은 위험을 직감했다.

[난무하는 검]

[6초 동안 무차별적인 검의 난무에 30% 추가 대미지가 붙습니다.]

민혁이 휘두르는 검이 수십여 개로 변화하며 로반을 압박해 왔다.

탱탱탱탱!

그 안에서 난무하는 검을 막아내는 로반도 과연 대단하다 할 수 있을 정도였다.

하지만 그 순간 민혁의 검이 그의 옆구리를 베고 지나갔다.

푸지이익!

[치명타가 터졌습니다.]

로반은 HP가 순식간에 상당히 깎인 걸 볼 수 있었다.

푸쉬이이익!

푸쉬이이익!

그의 몸 곳곳에서 피가 터져 나오고 HP가 순식간에 40% 미만까지 떨어졌다.

이윽고 떨어져 내리던 핏물이 허공에 방울이 맺히며 두둥실 떠올랐다.

로반이 눈을 반짝였다.

[혈무]

[반경 5m 내에서 발생한 출혈을 무기로 만들어 적을 공격합니다.]

그 핏방울이 서로 뭉치며 무기의 모양으로 변화되더니, 곧이어 부풀어 올라 로반을 엄습하던 난무하는 검을 쳐내기 시작했다.

탱!

탱!

그리고 이어서 허공에서 움직이는 여러 개의 병장기 중에서 창 하나가 민혁의 옆구리를 스치고 지나갔다.

푸지익!

[HP 2%가 회복됩니다.]

[HP 흡수에 실패합니다.]

[HP 1%가 회복됩니다.]

[HP 4%가 회복됩니다.]

[HP 흡수에 실패합니다.]

민혁의 핏방울이 작은 구슬이 되어 로반에게 빨려 들어가고, 그의 상처가 빠른 속도로 회복되었다.

난무하는 검이 끝난 민혁이 뒤로 물러났다. 로반도 검을 거두며 물러났다.

민혁은 서둘러 음식을 꺼내서 먹기 시작했다.

푸쉬이이익!

그러자 그의 상처도 빠른 속도로 회복되기 시작했다.

주아는 믿을 수 없는 광경에 눈을 끔뻑이고 있었다.

믿을 수 없는 건 그녀뿐만이 아닌 듯했다. 그녀의 생방송에 실시간 댓글이 달리기 시작했다.

[hsfdf44: 헐······. 저기서 발리는 로반이 베르사르의 투신 맞음 ㄷㄷ?]

[베르짱!: 어딜 봐서 발립니까, 거의 호각인 것 같은데.]

[adad13: 호각 아닌 듯……. 로반 굉장히 다급해 보입니다. 마치 모든 힘을 다 써서 덤비는 것처럼…….]

그들은 정확한 스킬 내용을 몰랐지만, 확실히 그렇게 보일 수밖에 없었다. 로반은 버서커의 광기가 끝나는 순간, 그는 패배하니까.

시청자들은 자신들만의 분쟁을 벌이면서도 계속 이야기했다.

[gadad1579: 누가 이길 것 같습니까?]

[캬캭: 로반이요. 제가 봤을 때 로반이 봐주고 있음. ㅇㅇ]

[올레: 222222.]

[카르만: 3333333.]

[gfdfadq7461: 로반 빠돌빠순이들이 개 많넼ㅋㅋㅋ 어딜 봐서 저게 로반이 이기는 겁니까. 로반도 한물갔네, 듣보잡 한테 발리고.]

[호로롱: 저게 어딜 봐서 듣보잡이지……? 님 생긴 게 듣보잡…….]

[gfdfadq7461: ㄴㄴ 울 엄마가 세상에서 제가 젤 잘생겼다고 함여. ㅅㄱ]

그렇게 유저들은 팽팽한 논쟁을 벌이고 있던 바로 그때. 랭커가 등장했다.

[카오스: 현재 398레벨의 유저 카오스라고 합니다.]

[카르만: 오, 검귀 카오스다!]

[올레: 헐…… 카오스 님, 우유 빛깔 카오뜨! 따랑해요 카오스!]

[카오스: 감사합니다^_^;; 본론으로 넘어가자면 프라이팬 살인마의 영상은 절규의 언덕에서 게재되었었습니다. 지금 싸우는 곳도 그곳으로 추정되고요, 보통 100~120레벨 유저들이 많이 가는 사냥터죠.]

[호로롱: ㅇㅇ 그렇죠.]

[베르짱: 근데 그건 왜 말하지?]

[카오스: 여러분이 한 가지 인지하지 못하시는 것 같아 다시 한번 강조해서 말씀드리자면 지금 저분들 100~120레벨 사이라는 겁니다.]

카오스는 민혁과 로반이 폭렙을 한 걸 모르기에 놀라는 것이다.

레벨 제한의 던전 혹은 필드는 레벨이 그에 도달하면 못 들어간다. 하지만 그 레벨 이전에 들어가 있으면 로그아웃 혹은 귀환석을 쓰기 전엔 들어가 있을 수 있다.

[컬러: 그럼 그 말은 저 둘이 지금 고작 레벨 100~120 사이라는 건가요? 미쳤다…….]

한 유저의 나지막한 댓글. 이어서 댓글창이 폭주하기 시작했다.

그 혼란들을 보면서 주아가 중얼거렸다.

"나도 둘 다 200레벨 넘는 줄 알았는데……."

물론 절규의 언덕에 오기 전까진 100레벨 사냥터라는 걸 알았다. 하지만 그 둘의 전투를 보고 자신도 모르게 무력의 정도가 200레벨 정도 된다고 생각했기에 당연히 그렇게 치부해 버렸다. 하지만 실제론? 그 레벨에 훨씬 미치지 않는다는 거였다.

촬영하던 주아는 다시 한번 서로에게 거리를 좁히는 그 둘을 보며 나지막이 중얼거렸다.

"쩐다……."

2라운드가 시작되었다.

흡수 전환을 이용해서 상처를 회복시키는 민혁을 향해 로반이 접근했다.

'시간이 없어.'

그리고 MP 역시 고갈되어 간다.

민혁은 괴물 같은 MP양을 보유한 것 같았지만, 자신은 아니었다. 만약 민혁이 가진 스킬들의 쿨타임이 끝나면 자신은 분명 패배하게 된다.

'믿을 건 대검술 폭연격밖에 없다.'

로반은 눈을 좁히며 대검을 크게 휘둘렀다.

[스텝]

'또……!'

민혁이 재빠르게 백스텝으로 뒤쪽으로 빠졌다.

로반의 검이 휘둘러지며 허공을 가른 그 순간. 민혁은 재빠르게 다시 스텝으로 거리를 좁히고 들어왔다.

그가 보유한 스킬 중 가장 난해한 건 바로 저거였다. 잔상을 남기며 빠르게 두 번 이동할 수 있는 저 스킬.

문제는 지금처럼 자신이 공격한 순간 빠졌다가 들어오면 그대로 빈틈을 내어주게 된다는 거다.

[두 번 빠른 공격.]

민혁의 검이 로반의 복부를 향해 찌르고 들어갔다.

로반이 힘껏 쳐내자 그의 대검과 민혁의 검이 위로 치솟아 올랐다.

그 순간, 민혁의 검이 또 한 번 로반의 복부를 찔러왔다. 분명 그의 검은 하늘로 솟아올랐는데, 알 수 없는 일이었다.

푸지이익!

"크읍!"

로반이 한 걸음 물러났다.

민혁이 검을 뽑아내려는 그 순간, 로반의 대검이 붉은빛을 머금었다. 이제껏 보았던 그 어떠한 빛보다 더 찬란한 빛.

그리고 그 붉은빛은 곧 스멀스멀 대검에서 비집고 나와 뱀 한 마리가 되었다. 피로 만들어진 뱀.

곧 그 뱀이 곧이어 민혁을 향해 쏘아져 왔다.

[대검술 폭연격]
[피의 뱀이 연속으로 열두 번 강력한 폭발을 일으킵니다.]

사실상 로반이 가진 가장 강력한 스킬! 피의 뱀이 연속적인 폭발을 일으키는 스킬이다.

로반이 거리를 좁힌 민혁을 향해 대검을 힘껏 휘둘렀고, 그 순간 피의 뱀이 민혁과 충돌했다.

"끼에에에에!"

쾅!

민혁은 한 걸음 뒤로 물러났다.

뱀은 딱 한 번 민혁과 부딪쳤을 뿐인데, 연속적인 타격과 폭발을 일으키기 시작했다.

쾅!

두 번째 폭발에서 민혁은 무언가 이상함을 느꼈다. 그리고 세 번째에서 그가 뒤로 튕겨 날아갔다. 그러나 거기서 그치지 않고 계속 대미지가 들어오며 폭발했다.

콰콰콰콰콰콰쾅!

곧이어 피의 뱀이 유리 조각처럼 산산조각 깨져 나갔다. 그리고 적의 피해를 보여주듯 녀석의 몸을 이루고 있던 피가 사방에 뿌려졌다.

[버서커의 광기 효과가 사라집니다.]

로반은 온몸을 두르고 있던 힘이 순식간에 빠져나가는 걸 느꼈다.

"후우."

이겼다. 민혁이 안타깝게도 강제 로그아웃을 당한 것 같았다. 하지만 힘 조절이 불가능한 싸움이었다.

'그런 것까지 신경 썼다면 난 절대 못 이겼어. 민혁 님이 접속하시면 받은 페널티만큼의 보상을 해드려야지.'

그런 생각을 하던 때였다. 자욱한 흙먼지가 걷히고 모습을 드러낸 이를 본 로반은 말문을 잇지 못했다.

'미친……! 무슨 반사 신경이! 이게 말이 돼?'

로반은 뒷걸음질 쳤다. 자욱한 흙먼지가 걷히고 모습을 드러낸 민혁은 온몸에 붕대를 칭칭 감고 있었다.

"진짜 괴물이잖아……."

로반이 엉덩방아를 찧었다.

그리고 민혁은 이 승부가 끝났음을 알 수 있었다. 로반의 몸을 휘감았던 이질적인 힘이 사라진 상태였고, 반대로 자신은 아직도 굳건했다.

그가 그 폭발 속에서도 붕대를 감을 수 있었던 이유는 바로 엘레의 식칼에 추가된 스킬인 딛고 일어서는 자 덕분이었다.

폭발이 몸을 휘감고 여덟 번째 타격이 들어오는 순간 민혁은 HP가 0이 되었다는 알림을 들었다. 그의 높은 HP를 생각하면 엄청난 힘이었다.

하지만 그때 구사일생으로 알림이 들렸다.

[딛고 일어서는 자]
[HP 1이 잔존하며 3초 동안 무적 상태가 됩니다.]
[3초 동안 모든 능력치가 30% 상승합니다.]

그 3초의 무적의 틈. 그 틈에 민혁은 빠르게 1밖에 남지 않은 HP를 붕대 감기로 끌어 올렸다. 그래서 현재 27%의 HP가 남아 있게 된 셈이었다.

'졌다…….'

로반은 허무해졌다. 하지만 패배를 인정할 수밖에 없었다.

주아는 계속해서 늘어가고 있는 시청자들을 보면서 중얼

거렸다.

"끝났다……."

프라이팬 살인마가 승리했다. 그리고 주아는 직감했다.

'저 유저를 섭외하기 위해 많은 방송국과 길드에서 움직일 거야!'

그리고 지금 댓글창은 말 그대로 폭주 중이었다.

[칼로: 와, ㅆㅂ 저걸 버티냐?]

[호로스: 저 상태에서 붕대 감기 실화냐……? 근데 붕대 감기로 저 대미지 자체를 버틴다는 게 말이 안 되는데, 붕대 감기 끽해야 HP 10% 올려주잖음. 저건 HP가 애초에 엄청 높은 거 같은데.]

[칼디르: 지금 쓰고 있는 저 투구 있잖아요. 저 투구 전설 아티팩트 아님?]

[카오스: 중요한 건 HP가 몇이냐, 뭐가 몇이냐가 중요한 게 아닙니다.]

또다시 랭커 카오스가 말하자 모두가 침묵했다. 주아도 그의 말에 집중했다.

[카오스: 현재 우리나라는 과거 게임 강국이라 불렸으나 지금 현재는 게임 망국이라 불리고 있죠. 아테네라는 게임을 출시한 게 우리나라인데도 불구하고요.]

그에 주아는 고개를 끄덕였다.

그것은 참 안타까운 일이었다. 막노동의 신이라 불리던 게 바로 우리나라 국민이었으나, 가상현실게임에서는 퇴보하고 있었다.

[카오스: 그러던 중, 과거 베르사르를 점령했던 유저 미친마, 그리고 투신이라 불렸던 유저 로반이 돌아왔습니다.]

주아는 그의 성장, 그의 활약! 그가 세계에 보여줄 많은 업적을 상상하자 가슴이 뜨거워지는 걸 느꼈다.

그리고 이어 카오스가 추가로 말했다.

[카오스: 그리고 그 유저를 꺾어 그보다 더 나은 피지컬, 전투 센스, 실력, 캐릭까지 가진 절정체가 나타났다는 겁니다.]

"와아아……!"

우리나라 사람으로서 주아의 주먹이 자신도 모르게 꽉 쥐어질 수밖에 없었다.

그리고 그녀는 승부를 끝내고 이야기를 나누는 두 사람을 보았다. 그 두 사람은 훈훈하게 이야기를 나누는 것 같았다.

'무슨 이야기를 하는 걸까?'

그런 생각을 하며 그녀는 서둘러 두 사람과 인터뷰를 해야겠다는 생각에 달려갔다.

승부가 끝난 후, 로반은 민혁을 바라봤다. 그는 여러 가지 생각에 복잡해 보였다.

'내게 미안한 건가? 아니면 승리했다는 것에 기쁜 걸까.'

그도 알 거다. 로반은 같은 레벨대에 찾아볼 수 없을 정도의 강자였다. 실제 루시아보다도 강한 게 그였으니까.

그때 천천히 민혁이 입을 열었다.

"배고파요……."

"……."

그렇다.

민혁은 로반이 생각하는 것처럼 복잡한 생각 따위 하지 않았다. 그저 배고프다고 생각할 뿐.

그가 인벤토리에서 단팥빵을 꺼내 와구와구 먹기 시작했다.

그러다 로반이 말했다.

"민혁 님, 혹시 제가 있는 길드에 들어오실 생각 없으세요? 오시면 정말 잘해 드릴게요."

로반은 민혁이라면 충분하다고 여겼다.

그러나 빵을 먹던 민혁은 그 말에 고개를 저었다.

"제안은 감사하지만 괜찮습니다."

"……들기로 한 길드가 있는 거예요?"

"있는 건 아닌데……."

민혁은 쓴웃음을 지었다.

자신과 중학교 때 어울렸던 친구 세 명. 이들도 분명 길드를 만들었을 거라고 생각했다.

민혁은 게임을 재밌고 맛있는 걸 먹기 위해 하고 있었다. 그리고 그 녀석들과 어울렸을 때 정말 재밌었던 기억이 있다. 그래서 그들을 다시 만나게 되면 그 길드로 들어가고 싶었다.

"꼭 가고 싶은 데가 있어서요."

"그 길드 참 부럽네요. 민혁 님이 꼭 가고 싶다니. 참, 당분간 저랑 같이 사냥하실 생각 있으신가요?"

길드 권유는 아쉬웠지만, 로반은 그와 자신이 함께 사냥하면 폭렙을 할 수 있을 거라 했다.

하지만 민혁은 먼 허공을 바라봤다.

"아직 세상엔 너무나도 먹고 싶은 게 많아요. 그러기 위해선 혼자가 좋겠죠. 피자, 치킨, 족발, 보쌈, 두루치기, 초밥, 장어구이, 샤브샤브…… 하……."

민혁의 표정은 아련함에 가득 찼다. 아련하게, 먼 산을 바라보며 죽은 옛 연인을 떠올리듯.

"……음."

로반은 역시 독특하다고 생각했다.

"그러면 친구 추가요?"

"그건 좋죠."

민혁도 로반과 꽤 정이 들었다.

[로반 님께서 친구를 제안합니다.]

[네/아니요]

민혁은 고개를 끄덕였다.

그러자 친구창에 그의 정보가 떠올랐다.

[로반/161]

로반의 직업 역시 비공개로 설정되어 있었다.

"전 너무 피곤해서 이제 로그아웃하려고요. 오늘 일이 너무 많았어요."

로반은 피곤한 기색이 역력해 보였다. 그리고 때마침 민혁도 4시간에 한 번씩 접속 종료해 주는 시간이 왔다. 민혁은 다른 건 몰라도 이 시간은 칼 같이 지키는 편이었다.

"다음에 봐요."

"네, 다음에 봐요."

로반이 먼저 로그아웃했다.

이어서 민혁이 로그아웃해서 사라졌다.

그리고 먼 곳에서 달려오던 여인. 주아가 때마침 도착했으나, 이미 둘 다 로그아웃한 후였다.

"크윽, 아깝다……!"

그녀는 진심으로 아쉬운 표정을 지었다.

접속을 종료한 로반, 본명 윤찬은 침대로 기어가듯 움직여 쓰러졌다.

"흐아……."

새로운 강자의 등장. 그것도 독특한 이미지를 가진 남자다.

윤찬은 피식 웃으며 눈을 감았다. 그러자 졸음이 쏟아질 듯 몰려왔다.

그리고 눈을 떴을 때는 꽤 시간이 흐른 후였다.

눈을 뜬 그는 침대에 대충 던져놨던 휴대폰이 떠올랐다.

"왜 꺼져 있지?"

그는 고개를 갸웃하며 충전기와 휴대폰을 연결해서 켰다. 휴대폰이 켜지자마자 그의 휴대폰이 쉴 새 없이 울리기 시작했다.

[지니: 왜 또 길챗이랑 귓말 꺼져 있는 거예옷! 제발 연락 좀 받으라고요ㅠㅠㅠㅠㅠ]

[지니: 지금 안 받으면 강퇴합니다, 진짜 합니다? 진짜 할 거예요?]

[지니: (사진)]

[지니: (동영상)]

[지니: 하…… 사진과 동영상 낚기에도 안 걸리다니…… 아직도 접속 중인 건가요……?]

“……?”

윤찬은 심상치 않은 일이 생겼음을 직감했다. 길마인 지니는 본래 침착한 성격이었으니까.

그는 의아한 표정으로 문자를 계속 확인했다가 자신도 모르게 멈칫하며 침대에서 벌떡 일어날 수밖에 없었다.

“헐……?”

[지니: 지금 같이 있는 프라이팬 살인마. 제 친구란 말이에요! ㅠㅠㅠㅠㅠㅠ]

로반이 지니에게 아레스 길드가 선전포고한 것 같다고 알렸을 때.

[길드 마스터 지니: 혹시 함께 있는 유저는 어떤 분인가요?]

이것은 혹시나 하는 생각에 한 말이었다. 그와 함께 있는 동료가 레벨 대비 강자라면 꽤 도움이 되어줄 테니까.

'지금 당장 우리가 도와 드릴 수 있는 게 없어……'

안타깝지만 현실이었다. 절규의 언덕은 레벨 제한이 있고 다른 길드원들은 전부 고렙 중의 고렙이니까.

대신에 로반이 강제 로그아웃 당한다면 그를 보호하고 아레스 길드를 압박하리라는 생각을 하며 기다렸다.

하지만 그 길드 채팅 이후로 로반은 1시간이 지나도 2시간이 지나도 답이 없었다. 다행스러운 건 강제 로그아웃 알림은 들리지 않았다는 거다. 그 의미는 죽진 않았다는 거다.

[칸: 지니, 지금 바로 아테네 공식 홈페이지에 들어가서 프라이팬 살인마라는 동영상 클릭해 봐!]

'프라이팬 살인마?'

지니는 의아한 표정을 지었다. 칸이 저렇게 흥분해서 말할 정도라면 뭔가 있는 게 분명했다.

아테네 공식 홈페이지에 들어간 지니는 실시간 검색어 1위를 차지한 '프라이팬 살인마'를 클릭했다. 그리고 영상을 보던 중 그녀는 깜짝 놀랄 수밖에 없었다.

"미, 민혁이잖아!"

프라이팬 살인마는 다름 아닌, 자신의 절친한 친구였다.

거기서 끝이 아니었다. 그 옆에 함께 있는 이. 그는 바로 로
반이었다.

"로, 로반 님이 같이 사냥하고 있는 사람이……."

지니는 그 이후로 계속해서 로반과의 연락을 시도했다. 하지
만 귓속말, 길드 채팅 둘 다 꺼져 있는 듯 보였다.

'아레스 길드와의 전투 시작 전에 끄신 게 분명해…….'

전투하는 중에 길드 채팅이나 귓속말이 오면 좌측 하단에
서 작은 반짝거림이 일게 되는데, 로반은 그 반짝거림마저도
무척 거슬려 했다. 그 때문에 그와 연락이 불통이 될 때가 한
두 번이 아니었다.

물론 그가 오로지 전투에 집중하기 위함이기를 알기에 다
른 길드원들도 크게 신경 쓰지 않는 부분이었다. 하지만 로반
은 꽤 시간이 흘러서도 연락이 닿지 않았다.

그러다가 지니, 즉 지혜는 카페에서 친구 둘을 만났다. 산적
같이 생긴 지수와 잘 생겼지만 밥맛없는 친구 석태였다.

"로반 님은 아직도 연락 안 돼?"

"응, 아마 공략 끝날 때까지 안 되실 것 같은데……."

"……몇 년 동안 연락이 안 되더니, 얘가 왜 프라이팬 살인
마가 되어 있다냐."

석태는 피식 웃다가 옆에 있는 지수를 돌아봤다.

"넌 왜 관심도 없는 표정이냐."

"솔직히 그 새끼, 너무한다."

지수가 얼굴을 구겼다.

"몇 년 동안 잠수 타고, 연락하면 다 씹고. 근데 이렇게까지 하면서 우리가 그놈 찾아야 하냐? 우리가 무슨 개한테 돈 꿔 줬어? 빚쟁이들이야?"

"……."

그 말에 석태는 말이 없었다. 그저 슬쩍 지혜의 눈치를 살필 뿐이었다.

'이 눈치 없는 새끼……'

어떻게 보면 그 말이 맞긴 하다.

하지만 석태는 알았다. 지혜가 살을 뺀 게 민혁 때문이었다는 것을. 그 때문에 100㎏를 감량한 지혜. 민혁은 지혜의 첫사랑이었다.

석태가 눈치를 살피고 있을 때, 지혜는 생각이 많은 표정이었다.

확실히 민혁이 너무하긴 했다. 모든 게 일방적이었으니까.

"사정이 있을 수도 있잖아, 만나고 싶어도 그러지 못할."

"……난 잘 모르겠다."

지혜의 말에 지수는 고개를 저었다.

그러던 중, 지수의 눈이 크게 떠졌다. 휴대폰을 넘기다가 뜬 영상 하나를 발견한 것이다.

영상의 제목은 '돌아온 투신 로반'이었다.

"어……? 뭐야, 로반 님이 왜 여기 있어!"

분명 아레스 길드와 싸운다는 이야기 이후 연락이 두절된 로반이다. 그런데 그가 동영상에 나오고 있었다.

"지금 이 투구 쓴 사람……."

아깐 쓰지 않았던 정체 모를 뿔 투구! 그 투구를 쓴 사람은 당연히 민혁일 것이다. 그가 등에 찬 프라이팬이 그것을 증명했다.

그리고 이어 로반과 민혁이 충돌하기 시작했다.

셋은 두 사람의 영상을 넋 놓고 바라봤다.

그리고 마지막. 자욱한 흙먼지 속에서 붕대 감기를 하며 날카로운 눈으로 로반을 바라보는 민혁!

"……저, 전투 센스 지렸다……."

석태가 말했다. 권왕 칸! 그런 코드 네임을 가진, 그도 인정할 정도의 실력이었다.

"로반 님 버서커 비기 사용한 거 맞지?"

"그런 것 같아. 버서커 비기를 사용하면 로반 님 200레벨대도 잡을 수 있다고 하셨는데, 대신에 페널티가 너무 커서 못 쓰신다고……."

모두가 감탄했다. 그럼 민혁은 얼마나 강한 거란 말인가.

"와, 저 게임 고자가 어떻게 저렇게 세지?"

넷이 함께 어울릴 때 가장 게임을 못했던 게 민혁이다. 그와 함께 게임을 하면 열불이 났다.

하지만 진실은 이러했다. 그 셋이 너무 잘해, 민혁이 못하는 것처럼 느껴졌던 것!

"그것보다 민혁이를 찾을 방법이 생각났어."

"뭔데?"

지혜의 말에 석태가 반응했다.

"저 프라이팬과 투구를 이용해서 찾으면 되지 않을까?"

"오! 사진 올려두고 찾아주시면 사례금드려요. 이렇게?"

"그렇지!"

그러던 중, 조용히 휴대폰을 보고 있던 지수가 말했다.

"……못 찾을 것 같다."

"왜?"

지수가 휴대폰을 내밀었다. 그곳엔 이런 내용이 있었다.

[대장장이 길드 해피밀입니다. 고갱님들의 열렬한 성원에 힘입어 하룻밤 사이에 프라이팬과 뿔 투구 30만 개 완판되었습니다 ^_^]

"……?"

"……?"

지혜와 석태가 고개를 갸웃거렸다.

한숨을 쉰 지수가 또 다른 글 내용을 보여줬다.

[하룻밤 사이에 길거리에 무슨 프라이팬 등에 차고 뿔 투구 쓴 놈들이 지천에 깔렸냐……]

[ㅇㅈ……. 마치 롱패딩 유행 불어서 지나다닐 때마다 나랑 똑같은 패딩 입은 사람 보는 느낌……. ㅋㅋㅋㅋ]

[심지어 해피밀 길드에서 주문 폭주 중이랍니다. 오늘만 50만 개 판매 예상이라고……. 다른 길드도 프라이팬 판매 사업 뛰어드는 중.]

"……."

"……."

두 사람은 말을 잃었다.

그 순간, 때마침 윤찬에게 전화가 걸려왔고, 지혜와 그가 통화를 시작했다.

"네네, 저희 동창이에요. 정말요. 자초지종은 나중에 설명해 드릴게요. 일단 귓말 좀 해주세요. 네."

곧 지혜는 통화를 종료했다.

그리고 얼마 후, 윤찬에게로 다시 전화가 왔다.

"뭐, 뭐라고 하나요? 귓속말하셨나요?"

하지만 윤찬은 청천벽력 같은 말을 했다.

[귓속말 꺼져 있는데요……?]

자고 일어난 민혁은 어기적어기적 몸을 일으켰다.

"배고프다."

하루의 아침을 언제나 올바른 말로(?) 시작하는 그였다.

방을 나가 부엌으로 온 그는 때마침 일어나 있던 창욱을 볼 수 있었다.

"여, 프라이팬 살인마."

"형이 그 이름을 어떻게 알아요?"

"너 어제 아테네 공식 홈페이지에 실시간 검색어 1위 했어, 거기에 생방송으로 투신 로반이랑 싸워서 이기는 영상도 뜨고. 대단한 자식."

자신이 공식 홈페이지에서 유명세를 탔다? 민혁은 그에 딱 한 가지 생각이 들었다.

"에이씨, 그러면 먹을 때 귀찮아지는데!"

창욱은 그런 말을 하는 민혁을 보며 참 부럽다는 생각을 했다.

누구든 게임을 하면 랭커가 되고 싶고 강자가 되고 싶어 한다. 하지만 민혁은 정말 몸서리치게 귀찮아하는 표정이었다.

"맞다, 민혁이 너 어제 귓속말 꺼져 있더라?"

"아, 그거 루시아 님이 계속 라면 먹고 싶다고 귓속말해서요. 예전에 끓여준 라면 맛을 잊지 못하겠다나 뭐라나."

"⋯⋯내가 아는 그 루시아 님?"

"네."

"조, 좋은 거 아니야?"

"형, 나쁜 거죠! 세상에. 저한테서 라면을 뺏어 먹으려고 하는 사람이라니!"

"그, 그래? 그게 아닌 것 같은데."

"아니긴요. 형이 그분을 잘 몰라서 그래요. 그분 감자전 두 젓가락 먹으려는 식탐 있으신 분이에요."

하지만 그와 다르게 창욱은 곰곰이 생각했다. 정말 루시아가 라면 먹고 싶어서 민혁에게 귓속말을 했겠는가?

'생각보다 루시아 님이 되게 과감하신데?'

흔히 라면 먹고 싶다는 '라면 먹고 갈래?'는 관심의 표현으로 드러나지 않던가. 이것은 '썸'의 상징이기도 했다.

하지만 민혁은 그런 루시아를 라면을 뺏어 먹으려는 악당으로 보고 있었다.

'얘도 천생 고자란 말이지.'

창욱도 함께 천생 고자였기에 그는 흐뭇하게 바라봤다. 루시아와 그가 잘 되었다면 배가 아팠을 것이다!

그러다 문득 창욱은 시무룩해졌다.

'근데 난 왜…….'

관심을 가져주는 사람이 없는가!

갑자기 어깨가 축 처진 창욱이 힘없이 터벅터벅 자신의 방으로 걸어갔다.

"형, 갑자기 왜 힘이 없어요?"

"말 시키지 마……. 부러운…… 아니, 나쁜 놈아."

"……?"

민혁은 고개를 갸웃거리며 방울토마토와 샐러드를 양껏 먹어줬다.

'신의 요리라.'

다섯 개의 신의 요리!

민혁은 벌써 기대가 됐다. 그리고 요리의 행방에 대해서 알기 위해선 요리사의 탑의 전 탑장인 보로토를 만나야만 했다. 보르토는 요리사의 마을 라밴에 있다고 하였다.

민혁은 곧바로 아테네에 접속했다.

라밴에 도착한 민혁은 고개를 갸웃했다.

'아까부터 정말…….'

희한한 일이었다. 자신처럼 등 뒤에 프라이팬을 메고 뿔 투구를 쓴 이들이 적지 않게 보였다. 그리고 그들은 허공에 프라이팬을 휘두르면서 이런 말을 했다.

"코리아 넘버원."

"……?"

민혁은 고개를 갸웃했다.

그리고 한 쪽에서는 이런 사람들도 있었다.

"프라이팬을 사랑하는 모임, 프사모에서 길드원 모집합니다. 대신 프라이팬 공격력 50 이하는 안 받아줍니다."

민혁은 별의별 이상한 사람이 많다고 생각하며 걸음을 옮기기 시작했다. 전 요리사의 탑장 보르토가 있는 곳으로.

전 요리사의 탑장 보르토! 그는 대낮부터 자신의 집에서 술에 심하게 취해 있었다.

'결국 식신 님을 이을 자는 나타나지 않는 겐가……'

이곳에서 아무도 자신을 믿어주는 이는 없었다.

놀라운 식신의 전설! 하지만 그 식신의 전설을 들은 사람들은 하나같이 콧방귀를 끼었다.

'아니, 그런 미친놈이 세상에 어딨습니까, 보르토 님!'

'보르토 님, 그 허황된 사실을 너무 믿으시는 거 아닙니까? 마치 전래 동화를 믿는 거하고 똑같은 격이지 않아요?'

그렇다. 사람들은 식신의 전설을 하나같이 이처럼 생각하고 있었다. 아이들의 동심을 키워주기 위한 전래 동화쯤으로!

확실히 그럴 만했다. 식신의 전설은 너무나 허황되어 보이는 것투성이였으니까.

하지만 어렸을 적, 보르토는 자신의 아버지에게 항상 그 말을 들었었다.

'그분은 언젠간 오실 것이다.'

그의 아버지는 한때, 식신을 섬겼다고 하였고 그의 이야기에 대해 해주곤 하셨다. 때문에 어린 시절의 보르토는 그를 생각하며 꿈을 키워왔었다.

하지만 결국 식신은 오랜 시간 나타나지 않고 있었다. 자신은 전 요리사의 탑장이자, 노망난 늙은이가 되어버린 것이다.

보르토는 술을 한껏 들이켰다.

바로 그때였다.

똑똑-

"계십니까? 와구!"

누군가 문을 두들겼다.

보르토는 고개를 갸웃하며 걸음을 옮겼다. 그리고 문을 열자 한 사내가 보였다.

그 사내는 조금 전까지만 해도 무언가를 뜯고 있었던 듯, 입가에 묻은 기름기를 서둘러 닦아냈는데, 자신의 머리 크기만큼이나 커다란 오리 훈제 고기를 들고 있었다.

"……자넨, 누군가?"

"식신의 유물을 찾기 위해 왔습니다."

"……!"

그 말에 보르토는 깜짝하고 놀랐다. 그리고 눈을 게슴츠레 뜨고 말했다.

"자넨, 세상이 내일 멸망한다면 무엇을 할 건가?"

"맛있는 걸 먹어야죠?"

"드래곤 로드가 자네에게 선물을 준다면 뭘 받고 싶나?"

"꼬리 조금만 떼달라고 할 거예요. 드래곤의 꼬리는 무슨 맛일까요!"

"자넨, 아침에 일어나자마자 무슨 생각을 하지?"

"그냥 배고파서 깨는데……."

'이럴 수가……! 이거 완전 먹을 거에 미친 놈이다!'

하지만 그 때문에 보르토는 고개를 끄덕였다.

'마지막 증명이 필요하다.'

그는 후다닥 안쪽으로 뛰어들어 갔다.

안에는 보르토의 아버지가 과거 남겨두었던 식신이 만든 요리 한 가지가 존재했다. 이는 식신이 직접 자신의 힘을 이용해 봉인시켜 놓은 오로지 식신만이 먹을 수 있는 요리였다. 그 때문에 이 요리 자체는 식신이 아니면 먹을 수 없다!

요리를 가져온 그는 상자를 열었다.

그 상자 안에 들어 있는 것을 본 순간 민혁은 깜짝 놀라며 보르토와 그 요리를 번갈아 바라봤다.

보르토는 조심스레 젓가락을 건넸다.

"자네, 이 요리에 손을 뻗어보겠나?"

식신이 아니라면 이 요리 자체에 젓가락이 닿을 수 없다. 심지어 보르토도 불가능했다.

하지만 그전에 민혁은 고개를 저었다.

"이 요리를 먹을 때 꼭 필요한 게 있지요."

민혁은 비장한 표정으로 보르토를 보았다.

"이 요리를 먹을 때 꼭 필요한 게 있지요."

민혁의 비장한 표정! 그는 서둘러 식품 보관 인벤토리에서 뜨끈뜨끈한 밥 한 공기를 꺼냈다.

요리사의 탑의 전 탑장 보르토! 그가 내민 요리는 다름 아닌, 메추리알장조림이었다!

메추리알장조림은 언제 먹어도 맛있는 밥도둑 중 밥도둑이다. 냉장고를 열었을 때, 어머니가 전날 밤 용기에 가득 차게 해놓은 메추리알장조림을 보면 그만큼 흐뭇할 때가 없지 않던가.

민혁은 슬그머니 메추리알장조림에 젓가락을 뻗었다. 그리고 그의 젓가락은 당연하게도 너무 쉽게 검은빛을 머금은 메추리 알을 집었다.

"허억……!"

보르토는 경악한 표정으로 민혁을 바라봤다. 이어 메추리 알장조림이 든 요리를 그에게 건네더니, 몇 걸음 물러나 절을 했다.

"식신이시여!"

하지만 민혁에게 보르토는 안중에도 없었다.

민혁은 자리를 잡고 앉았다. 그리고 모락모락 김이 피어오르는 밥 위로 수저를 가져갔다. 밥을 푹 퍼낸 다음 그 위에 메추리알장조림을 올려 한입 가득 먹었다.

"와구!"

입안 가득 뜨끈뜨끈한 밥알과 짭조름하면서도 담백한 메추리알장조림의 맛이 느껴지고 절로 감탄사가 흘러나온다.

"뭐, 뭐지? 엄청 맛있잖아?"

민혁은 감탄하고 또 감탄할 수밖에 없었다.

이것은 자신이 이제까지 먹었던 메추리알장조림과 달랐다. 더욱더 깊은 맛이 있었고 씹을 때마다 노른자와 흰자의 맛이 적절하게 어울렸다.

"당연하지요. 그 요리는 식신님께서 만드신 요리입니다. 그 알은 사실 메추리가 아닙니다."

메추리가 아니다? 그럼 이게 무엇이란 말인가? 크기는 분명히 메추리알과 흡사했다.

곧 다소 충격적인 보르토의 말이 이어졌다.

"바로 피닉스의 알입니다."

3장
배고픈 몬스터들

"……피닉스의 알이요?"

"예, 피닉스는 아테네에서도 고귀한 몬스터로 불리지요. 아버지께서 말씀하시길 어느 날, 식신께서 피닉스의 알을 가지고 오셨다고 합니다. 그리고 그 자리에서 요리를 시작하셨다고요."

"호오."

"그리고 이 장조림을 만들었지요. 자신의 후손이 먹게 될 요리라고 하셨습니다."

민혁은 장조림을 내려다봤다.

확실히 맛이 좋았다. 어찌나 맛있던지, 그 맛을 표현할 수 없을 정도였다.

'식신은 이런 맛있는 것만 먹었던 건가?'

갑자기 부럽다는 생각이 물씬 풍겨왔다. 그러면서도 드는 생각에 민혁이 입을 열었다.

"······피닉스의 알이 이렇게 맛있는데, 피닉스를 먹으면 얼마나 더 맛있을까요?"

"시, 식신이 맞으시군요."

일반 사람이었다면 저런 생각보다는 '아니! 내가 먹은 게 전설의 몬스터의 알이라고?'부터 했을 것이다. 그런데, 맛있을 것 같다는 생각부터 하다니!

보로토의 이야기는 계속되었다.

"식신의 유물에 대해 말씀드리지요. 식신에게는 무수히도 많은 부하가 존재했습니다."

식신의 부하들! 중요한 이야기였기에 민혁은 먹으면서 이야기를 들었다.

"그들은 모두가 식신의 친구이기도 하였지만 충직한 신하들이기도 하였지요. 그리고 그들 대부분은 이곳 아스간 대륙 전체를 휘어잡는 전설들이었습니다. 명령 하나로 백만 대군을 부리는 이가 있는가 하면, 혈혈단신 악마 군단과 싸워 승리한 영웅, 한 종족을 지배하는 왕 등 다양했습니다. 그중 식신은 몇몇 수하들에게 후손을 위한 신의 요리를 맡기거나, 혹은 그 재료들을 찾을 방법을 알려줬다고 합니다."

밥을 먹던 민혁은 그 말에 관심을 가졌다.

"그 요리들은 먹는 순간 믿을 수 없는 강력한 힘을 발휘한다고 합니다. 또한, 식신의 죽음 이후 그 수하들은 그를 그리워하는 마음에 자신들의 힘 또한 그곳에 함께 봉인하였다고 전해집니다. 그중 첫 번째 신의 요리.”

보로토는 민혁을 바라봤다.

“그 신의 요리와 지금 드신 피닉스의 알이 연관되어 있다고 알고 있습니다.”

“이 요리랑요?”

“예. 정확히 어떤 수하의 힘이 숨겨 있는지, 무엇인지는 모릅니다. 하지만 신의 요리를 먹는다면 식신의 부족한 능력을 채워줄 거라고 하였습니다.”

“부족한 능력이라…….”

민혁은 그 말을 곱씹어봤다. 그러다가 생각난 게 있었다.

‘혹시……?’

식신의 요리, 재료추적 스킬 등은 현재까지도 ‘레벨업 불가’에서 벗어나지 못하고 있었다. 그것의 힌트이지 않을까?

“이 앞에 있는 셀로브의 땅으로 가십시오. 그곳으로 가면 힌트를 얻을 수 있을 겁니다.”

[직업 퀘스트: 셀로브의 땅으로 가라]

등급: ?

제한: 150레벨

보상: 경험치 3만

실패 시 페널티: 식신의 유물을 진행할 수 없음.

설명: 보르토가 알고 있는 것은 여기까지이다. 일단 셀로브의 땅으로 가서 힌트를 찾아라!

민혁은 다소 아리송했다.

'뭘 찾아라! 이런 것도 없이, 가면 힌트가 있다?'

퀘스트의 내용이 다소 의아했기 때문이다. 하지만 일단 끄덕였다.

"한데, 식신이시여."

"넵?"

때마침 민혁은 마지막 한 수저를 먹어치우려던 때, 보르토가 의문을 품고 말했다.

"당신의 사도는 어디에 있습니까?"

"사도라니요?"

"……?"

보르토는 그 말에 고개를 갸웃거릴 수밖에 없었다.

식신의 전설에 따르면 그는 최고의 요리사를 휘하로 두고 사도로서 데리고 다닌다고 하였다. 그 사도 또한 엄청난 힘을 거머쥔 자라고.

그는 곰곰이 아버지와의 기억을 떠올리다가 생각난 듯 말했다.

"황혼의 요리사 말입니다."

"……?"

민혁은 고개를 갸웃했다. 금시초문이었기 때문이다.

"그는 어떤 일을 하던 사람이었는데요?"

"그는 식신의 옆에서 다양한 일을 했습니다. 그는 모든 것에 능통한 자입니다. 농사 스킬을 이용해 곡식을 자라나게 하고 광산을 캐서 그 안에 숨은 요리 재료를 찾아냅니다."

민혁은 그 말을 듣다가 뭔가 익숙하다는 생각이 들었다.

"그거 전데요?"

그러고 보면 랜은 자신에게 퀘스트를 주지 않았었다. 한데, 자신은 모든 손재주 능력을 익히게 되고 그의 아티팩트를 받아왔다. 혹시 본래 그자의 것이었던 건가?

"그 능력은 이미 제가 가지고 있습니다. 그리고 전 사도라는 사람 없는 게 더 좋아요."

"어, 어째서죠? 사도는 흔히 말하는 당신의 오른팔과 같습니다. 당신의 귀찮은 일을 대신해 주죠."

하지만 곧 민혁이 명쾌하게 말했다.

"입이 두 개면 제가 먹을 게 모자라잖아요?"

"……."

"……?"

보르토는 생각했다. 이 사람보다 식신에 어울릴 자는 없겠구나, 하고.

그리고 때마침 민혁은 마지막 남은 피닉스알장조림을 먹어 치웠다.

그때 알림이 울렸다.

[식신의 요리를 드셨습니다.]
[레벨업 하셨습니다.]
[레벨업 하셨습니다.]
[불속성 저항력 30%가 상승합니다.]
[불속성 정령과의 친화력이 대폭 상승합니다.]

"어……?"

의외였다. 요리를 먹은 것만으로도 경험치가 오른다니.

그러고 보면 민혁도 식신의 요리는 처음 먹어보는 것이었다. 혹시 식신의 요리는 먹게 되면 레벨이 오르는 것이 아닐까 하는 생각이 들었다.

또한, 불속성 저항력 30%면 어마어마하다. 불속성과 관련된 몬스터들과 싸움에서 그들의 대미지를 30% 감소시킨다는 말과 마찬가지였다. 거기에 불속성 정령과의 친화력 상승. 민혁의 전설의 프라이팬에 붙어 있는 능력까지 생각한다면 불속성 정령들과 처음부터 꽤 높은 친밀도를 가지게 되리라.

민혁은 보르토와의 이야기를 마친 후 샐로브의 땅으로 걸음을 옮겼다.

보르토와의 만남 때 통째로 구운 오리 훈제를 먹는 걸 멈췄던 민혁은 셀로브의 땅으로 향하면서 다시 먹었다.

이 오리 훈제는 다름 아닌 절규의 언덕에서 사냥했던 황금 오리였는데, 다 먹었을 때 이런 알림이 들렸다.

[식신의 진가]
[황금 오리의 스킬은 랜덤입니다.]
[획득하시겠습니까?]

황금 오리는 여러 가지 마법을 부렸던 에픽 몬스터였다.
민혁은 습득을 시도했다.

[랜덤으로 스킬 획득을 시도합니다.]
[획득률 11%…… 22%…… 36%…… 68%…… 0%…….]
[스킬 획득에 실패합니다.]

민혁은 획득에 실패했다는 말에 아쉬운 표정을 지으면서 어느덧 셀로브의 땅에 도착할 수 있었다.

셀로브의 땅에 서식하는 몬스터는 쉽게 표현할 수 있다.
바로 거대한 거미!

셀로브는 민혁이 알기로 레벨 200 정도의 몬스터였다. 민혁과 비교해서는 사실상 매우 높은 편이었다.

　이리 저리 살펴보던 민혁은 샐로브의 땅에 위로 올라가는 절벽들이 많다는 걸 알 수 있었다.

　'이 사냥터 정말 별로다…….'

　그 이유는 하나였다. 아무리 민혁이라도 거미를 먹고 싶진 않았기 때문!

　끼디딕-

　끼디디딕-

　그때 민혁은 사방에 솟아오른 절벽 사이에서 기어 내려오는 대형 거미인 샐로브를 발견할 수 있었다. 샐로브는 눈을 번뜩이며 민혁에게 접근하고 있었다.

　[엘레의 검술]

　[6분 동안 모든 스텟이 17% 상승합니다.]

　[회피율이 30% 상승합니다.]

　[치명타율이 30% 상승합니다.]

　전장의 지배자 칭호 효과는 더 이상 볼 수 없었다. 애초에 그 칭호는 150레벨이 넘어가면 사용할 수 없었으니까.

　스킬을 사용한 민혁은 빠르게 거리를 좁혀오는 샐로브에게 접근했다.

　샐로브의 몸 곳곳에서 실들이 뿜어져 나왔다.

[샐로브의 거미줄]
[단단한 거미줄은 쉽게 끊어지지 않습니다.]

민혁은 자신을 향해 뻗어오는 수십 가닥의 거미줄을 스텝을 이용해 가뿐하게 피해냈다. 그리고 그대로 1톤 트럭만 한 크기의 샐로브의 옆구리에 엘레의 검을 찔렀다.

[분노하는 검]
[강한 찌르기에 공격력 53%가 추가되며 급소 찌르기에 성공할 시 총 80%의 힘을 더 냅니다.]

퍼지잇!
옆구리를 파고든 검을 뽑아내는 순간, 초록 피가 분수처럼 솟구쳤다.
다시 스텝을 이용해 빠르게 피해낸 민혁은 샐로브의 앞으로 다가가 놈을 손쉽게 처리했다.
퍼지이익!
샐로브를 사냥한 민혁은 녀석에게서 나타난 씨앗을 볼 수 있었다.
'응? 웬 씨앗?'
그는 고개를 갸웃하며 획득했다.

[1,034골드를 획득합니다.]
[정체 모를 씨앗을 획득합니다.]

(정체 모를 씨앗)
재료 등급: ?
특수 능력:
- ?

설명: 정체를 알 수 없는 씨앗이다.

의아한 표정을 지은 민혁은 일단 인벤토리에 챙겼다.
그리고 셀로브가 의외로 자신에게는 쉬운 상대라는 걸 깨닫고 그리폰의 비명을 사용했다.
삐이이이이이!

[그리폰의 비명]
[반경20m 내의 몬스터들을 70~80% 확률로 시선을 집중시킵니다.]

그러자 절벽의 곳곳에서 셀로브들이 몰려오기 시작했다.
그 숫자가 결코 적지 않아 보였다. 하지만 레벨 200이 되면 바닷가로 갈 수 있다. 그 때문에 식신의 요리에 대한 힌트를 찾는 과정에서의 레벨업도 나쁘지 않았다.

[난무하는 검]
[6초 동안 무차별적인 검의 난무에 30% 추가 대미지가 붙습니다.]

민혁은 몰려오는 샐로브들을 향해 난무하는 검을 사용했다.

[치명타가 터졌습니다.]

푸쉬이이익!
"끼에에에!"

[치명타가 터졌습니다.]

푸쉬이이익!
"끼이이!"

가끔 가다 샐로브들의 공격이 민혁을 강타할 때가 있었는데, 엘레의 검술을 사용할 때마다 붙는 회피 효과에 따라 한 번씩 공격을 무시할 수 있었다.

[회피에 성공합니다.]
[레벨업 하셨습니다.]

진득한 초록 피를 흩뿌리며 쓰러진 샐로브들!
민혁은 그때마다 정체 모를 씨앗이 떨어져 있는 걸 볼 수 있었다.

[1,011골드를 획득합니다.]
[정체 모를 씨앗을 획득합니다.]
[1,514골드를 획득합니다.]
[정체 모를 씨앗을 획득합니다.]
[샐로브의 거미줄을 획득합니다.]

"흠……."
잠시 생각하던 민혁은 앉은 자리에서 아테네 공식 홈페이지를 열었다.
아테네가 다른 가상현실게임과 다르게 좋은 점은 전투가 끝난 휴식 상황에선 언제나 아테네 공식 홈페이지를 통해 정보를 볼 수 있다는 거다.

[샐로브. 정체 모를 씨앗]
[검색된 내용이 없습니다.]

"……음?"

민혁은 고개를 갸웃했다.

검색된 내용이 없다는 말은 간단하게 유추할 수 있다. 이 정체 모를 씨앗이 본래는 나오지 않는 아이템이라는 것. 그 의미는 이 씨앗이 민혁의 퀘스트 템일 수 있다는 거였다.

그는 고개를 갸웃했다.

일단은 좀 더 사냥해 보면 알 수 있지 않을까.

푸화아아앗!

벌써 6시간째! 몰려오는 샐로브들을 사냥한 민혁은 벌써 정체 모를 씨앗 200개를 획득했다.

그리고 레벨도 10이나 올랐다. 본래 150대였던 민혁이 자신보다 50레벨이 높은 샐로브들을 사냥하고 있으니 당연히 레벨이 빠르게 상승할 수밖에 없었다.

그러던 중.

"응?"

민혁은 코를 간질이는 냄새를 맡을 수 있었다. 어딘가, 고소하고 달콤한 냄새가 풍겨오고 있었다.

민혁은 그 냄새를 따라 걸음을 옮기기 시작했다. 그 냄새는 절벽 하나를 넘어, 동굴 안까지 민혁을 안내했다.

"맛있는 냄새……!"

이 냄새는 무언가, 그런 냄새 같았다. 엘리베이터 속 안에서 맡는 치킨 냄새! 그처럼 민혁의 식욕을 자극하는 냄새였다. 무슨 냄새인지는 정확히 알지 못하겠다.

동굴로 들어가던 민혁은 갑자기 무언가 이상하다는 걸 느꼈다. 그가 동굴 안으로 들어온 순간 냄새가 씻은 듯이 사라진 것이다. 그와 함께 민혁은 동굴의 맞은편 끝에서 새어 나오는 빛을 발견할 수 있었다.

"……뭐지?"

갑자기 사라진 냄새. 그것은 마치 그를 인도하는 것만 같았다. 어쩌면 '힌트'가 여기에 있는 것 아닐까?

민혁은 한 걸음, 한 걸음을 옮겼다. 그리고 빛에 당도했을 때, 그의 눈앞에 놀라운 광경이 펼쳐져 있었다.

"여, 여긴……?"

그의 앞에 펼쳐져 있는 것은 드넓은 대지였다. 그리고 그 대지에 보이는 것은 바로 뼈밖에 남지 않은 몬스터들이었다.

피이이이이이!

그때, 어디선가 거대한 울음소리가 들려오기 시작했다.

민혁의 고개가 돌아갔다.

그곳에 거대한 새가 있었다. 온몸이 뜨겁게 타오르고 있는 거대한 불새! 바로 피닉스였다.

[네임드 몬스터]
[전설 몬스터 피닉스 로드를 최초로 발견하셨습니다.]
[명성 30을 획득합니다.]

그것도 그냥 피닉스가 아닌, 피닉스의 왕이었다.

피닉스는 유유히 민혁의 앞으로 내려앉았다. 그의 앞에 내려앉은 피닉스는 그를 유심히 살폈다.

전설의 몬스터 중 하나인 피닉스 로드. 그는 자신을 바라보는 민혁이 무슨 말을 할지 궁금해하며 민혁을 바라봤다.

곧 민혁의 입이 천천히 열렸다.

"맛있겠다……."

"……."

피닉스는 어이없어하는 표정으로 민혁을 바라봤다.

그리고 민혁은 아쉬운 사실 하나를 깨닫고 속으로 절망했다.

'검은빛이 안 보이잖아?'

피닉스에게선 그 어떠한 색도 보이지 않았다. 검은빛이 나지 않으면 먹을 수 없다.

심지어 피닉스의 상태 또한 주변에 있는 다른 몬스터들과 다를 게 없었다. 그 또한 뼈밖에 남지 않아 앙상하였고 당장 쓰러질 것처럼 위태로워 보인다.

"그대가 식신 알렌의 후손인가?"

과거 존재했던 식신의 이름! 그것이 알렌이었던 듯싶다.

민혁은 고개를 끄덕였다.

"그렇습니다."

그에 피닉스는 조용히 그를 응시했다. 등 뒤에 차고 있는 프라이팬, 그리고 그는 지금도 쪼코파이를 야금야금 먹고 있었다.

"난 이곳 몬스터의 낙원을 지키는 피닉스 로드. 크로니클 일세."

몬스터의 낙원. 하지만 지금 모습만 본다면 몬스터의 낙원처럼 보이지 않았다. 배고픈 자의 낙원이면 모를까.

"혹시 크로니클 님께서 식신님의 부하신가요?"

민혁의 물음에 크로니클은 고개를 저었다.

"그분과 나를 비교하지 마라, 그분은 나의 왕이시다. 또한, 그분께선 영원한 안식에 드셨다."

"네?"

영원한 안식이라는 말에 민혁은 의아할 수밖에 없었다.

크로니클보다 위에 있다는 그 존재가 신의 요리의 행방에 대해서 알고 있을 터였다. 그런데, 그는 죽었다고 한다.

"하지만 그분을 깨울 방법이 없는 건 아니다. 왕께선 자신의 절친했던 친구였던 식신의 후예가 올 날을 기다리고 계셨다. 그에 내게는 왕을 깨울 힘이 남아 있지."

크로니클은 민혁을 바라보며 말했다.

"한때 이 땅은 몬스터들의 낙원이었다. 본래 몬스터들은 모든 족이 함께 어울릴 수 없는 자들이지. 하지만 이곳엔 '서로를 먹을 수 없는' 규율이 존재하지. 또한, 씨앗을 이용해서 먹을 것을 구할 수 있었기 때문에 약육강식의 틀을 벗어나 모두가 어울릴 수 있었다. 그리고 이곳을 관리했던 이는 바로 식신과 사도였다. 사도는 씨앗을 심고 열매를 맺게 했으며 절벽을 캐면 나오는 영양제를 통해 씨앗을 무럭무럭 자라나게 했지. 그리고 식신은 우리를 위한 '50년 동안 배고프지 아니한' 요리를 해주었다. 하지만 얼마 전, 그 힘이 다해 버렸어. 그 때문에 이 사달이 나고 만 것이다. 그리고 때마침 그대가 당도한 것이고."

민혁은 고개를 끄덕였다.

50년 동안 배고프지 아니한 요리! 참으로 대단한 요리라는 생각이 들었다. 하지만 식신과 과거의 사도는 죽었다. 그리고 새로운 식신인 자신이 나타났다.

알림이 들려왔다.

[직업 퀘스트 '샐로브의 땅으로 가라'를 완료했습니다.]
[경험치 3만을 획득합니다.]

띠링!

그와 함께 민혁에게 퀘스트 창이 다시금 떠올랐다.

[직업 퀘스트: 배고픈 필드의 몬스터들을 배불리 먹여라.]

등급: ?

제한: 150레벨

보상: 몬스터 알, 신의 요리에 대해 알고 있는 식신의 부하와의 만남.

실패 시 페널티: 식신의 유물을 진행할 수 없음.

설명: 필드에 갇혀 나갈 수 없게 된 몬스터들! 그들은 지독한 배고픔에 뼈만 앙상히 남았다. 과거의 식신을 대신하여 당신이 몬스터들을 먹여라!

그에 민혁은 예상했던 것이 현실이 되자 다소 경악했다. 그 이유는 하나였다.

"나 먹기도 바빠 죽겠는데……?"

그에 크로니클은 예상했다는 듯 말했다.

"식신께서 말씀하시길 '자기 먹기도 바빠 죽을 것 같은 녀석일 게 분명해'라고 하셨다고 하는군."

"역시 저를 이해해 주는 분은 그분뿐이군요."

민혁은 자신과 공감하는 사람이 있어 참으로 기뻤다.

"하지만 식신께선 배불리 먹는 자신뿐만이 아니라, 남에게 맛있는 요리를 해서 즐거워하는 기쁨 또한 알았으면 좋겠다고 하셨다고 알고 있다네. 그리고 지금 그 기쁨을 자네가 얻을 기회가 생긴 것이지 않겠는가? 또한, 그들을 먹인다면 자네가 만족할 만한 것도 얻을 수 있을 것이야."

"만족할 거요?"

크로니클은 침묵으로 답했지만, 민혁은 바로 알아챘다.

'요리 재료가 나오는 거구나!'

그리고 이어 크로니클이 말했다.

"나의 왕께선 살아생전에 식신과 크게 한번 싸웠다고 하시더군. 그리고 얼마 지나지 않아 식신의 비보를 접하셨지. 그때 많이 슬퍼하셨어."

"두 분은 꽤 각별하셨나 보군요? 그런데 어째서 두 분은 다 투신 건가요?"

그에 크로니클의 표정이 이제까지와는 다르게 분노로 가득 찼다. 뼈만 앙상해서 힘조차 제대로 쓰지 못해 보이는 그의 몸이 강렬한 화염에 휩싸였다.

화르르르르륵!

"식신이 내가 낳은 알들을 훔쳐 갔거든."

민혁은 그에 고개를 갸웃했다.

어라?

"그리고 나의 왕께서 노발대발하며 묻자 말하길 '어, 나 그거 장조림 해 먹었는데, 맛있더라!'라고 하셨다더군. 내 만약 식신을 지옥에서라도 만난다면 가만두지 않을 것이야!"

민혁은 이마에서 땀이 비 오듯 삐질삐질 흐르는 걸 느꼈다.

"하, 하하하. 어, 어떻게 그럴 수가 있죠? 알을 이용해 장조림을 해 먹다니……. 그, 그것참…… 나쁜 사람!"

"역시 자네도 이해하는군. 세상에, 내 알을 가져다가 장조림을 해 먹는 미친놈이라니, 자넨 전대 식신보다는 나아(?) 보이는군."

"헤, 헤헤……."

민혁은 그저 웃을 수밖에 없었다. 잘못했다가는 퀘스트고 뭐고 크노니클에게 강제 로그아웃 당하리라! 피닉스 로드 크로니클이 레벨 450대의 몬스터로 추정된다는 사실보다도 중요한 것은 전설 몬스터라는 사실이었다. 이제까지 국내에서는 사람들이 발견한 적이 없는 몬스터라는 것.

"보면 알겠지만 지금 굶어 죽으려는 몬스터들이 한둘이 아니야, 자네에게 줄 수 있는 기간은 딱 이 주일뿐이네. 그 이 주 동안 포만도 50%를 채우지 못하면 이 퀘스트는 실패한다는 걸 명심하게. 그리고 식자재는 이곳과 연결된 샐로브의 땅에서만 얻을 수 있고 씨앗을 뿌려 몬스터들이 먹을 식량을 얻을 수도 있다네."

크로니클의 당부에 민혁은 고개를 끄덕였다.

그리고 크로니클은 말했다.

"이제 자네의 사도에게 이곳의 위치를 알려 몬스터들을 배고픔에서 구출해 주게나."

"제게 사도는 없습니다."

민혁은 보르토와 같은 말을 하는 크로니클을 보며 고개를 저었다. 그 말에 크로니클은 경악할 수밖에 없었다.

"사, 사도가 없다니? 그게 무슨 소린가……?"

그럴 수밖에 없었다.

과거에도 이 낙원에는 사도와 식신이 함께 있었다. 그리고 사도는 재료를 얻었으며 식신은 요리를 해주었다.

그 두 사람이 함께 움직여도 시간이 모자랄 판이다. 그런데, 사도가 없다니? 심지어 사도는 재료를 얻는 능력이 뛰어난 자였지 않은가? 한데, 식신 혼자서 재료를 얻어야 한다?

당장 사도가 옆에 있었어도 이 안의 몬스터들을 먹이는 건 힘든 일이다. 사실상 크로니클은 이 안의 몬스터들 50%만 먹어도 만족했을 것이다. 사도와 식신은 아직 성숙하지 않을 것이다. 특히나, 사도는 더욱더 그럴 터.

하지만 곧 민혁이 말했다.

"사도의 능력은 제가 가지고 있으니 걱정하지 않으셔도 됩니다."

"사, 사도의 힘을 가졌다? 어찌 그런 일이……?"

사도도 분명히 뛰어난 자였다. 그런데 사도의 힘을 가졌다?

"자네, 설마……!"

"맞습니다. 전 둘 다 가능한……."

"사도를 먹었나?"

"사람은 안 먹거든요!"

민혁은 발끈해서 말했다. 하지만 크로니클은 여전히 믿음이 안 가는 표정이었다.

"둘이서 하는 일을 혼자서 해야 하는데…… 아무리 그의 능력을 가졌다 해도……."

크로니클은 생각했다. 이거 굶어 죽겠구나.

곧 크로니클은 그 거대한 몸을 웅크렸다. 힘을 보존하기 위해서다.

"배고프니까, 말 시키지 말게."

"네, 알겠습니다."

그에 민혁은 고개를 끄덕이며 서둘러 걸음을 옮겼다.

그 뒷모습을 보던 중, 크로니클의 배가 요동쳤다.

꼬르르르르륵!

전설 몬스터도 배고픔 앞에서는 한없이 나약한 존재였던 것이다.

크로니클은 곧이어 잠에 빠져들었다. 그것은 배고픔을 잊기 위한 수단 중 하나였다.

지혜와 석태, 지수는 함께 카페에 앉아 있었다.

석태가 작은 한숨을 쉬며 말했다.

"이거 절대 못 찾아, 당장 아테네에 프라이팬 등 뒤에 차고 뿔 투구 쓴 놈들이 한 둘이 아니야."

그 말에 지혜와 지수도 고개를 끄덕였다.

그래도 지혜는 곧 있으면 윤찬이 도착한다고 했기에 기대를 하고 있었다.

'로반 님은 최근까지 민혁이와 접촉했던 유일한 분이시지……'

어쩌면 로반을 통해서 민혁이 오랫동안 사라지고 모습을 드러내지 않았던 이유를 알 수 있지 않을까?

때마침 카페의 문이 열렸다.

딸랑-

안으로 들어오는 이는 윤찬이었다.

"안녕하세요."

"어서 오세요. 로반 님."

세 사람이 윤찬을 반갑게 맞이해 주었다.

그들은 현실에서도 몇 번 얼굴을 튼 적이 있었기에 윤찬은 어색함 없이 음료 하나를 주문하고 앉았다.

지수는 민혁에 대해 크게 관심이 없는 듯 휴대폰을 집어 들었다. 그에 석태는 미간을 찌푸리며 그를 노려봤다.

하지만 곧 한숨을 쉬었다. 그럴 만도 하다. 자신도 지혜가 아니었다면 친구고 뭐고 민혁과 그냥 연을 끊었을 테니.

"되게 충격적이네요. 민혁 님이 저희 길드 간부진들과 친구라니……."

베르사르의 전설들! 지금 이 자리에 그들이 함께 모여 있는 것이다. 그리고 아테네에선 앞으로 어떤 전설을 쓰게 될지 몰랐다.

"민혁이는 어땠나요? 잘 지내는 것 같나요?"

그 말에 윤찬은 양 팔짱을 끼었다. 관심 없는 듯 보였던 지수도 휴대폰을 잠시 내려놓고 윤찬을 봤다.

"이런 말 하기 좀 그런데……."

그 말에 세 사람이 집중했다.

"사람이 아닌 것 같았어요……."

"음?"

"웅?"

"네?"

세 사람은 고개를 갸웃했다.

"파티 사냥을 같이하고 있는데, 목이 마르다면서 게또레이 음료수 4개를 꺼내더라고요. 그러더니 그 자리에서 원샷 하고는 '아, 이제야 목 좀 축였다'라고 했어요."

"4캔이요?"

"아니요. 1.5L요."

"……?"

그 말을 들은 세 사람은 멍하니 로반을 봤다.

"아니, 그게 말이 돼요?"

석태의 말에 윤찬이 끄덕였다.

"심지어 절규의 언덕에 온 이유가 오리 드시고 싶어서라고……."

"……?"

"마법 오리 있잖아요? 40마리 잡아서 오리 불고기에 밥까지 볶아 먹어놓고는 '원래 한 숟가락 아쉬울 때 놓는 법이죠. 과식 하면 안 좋아요'라고 하더군요."

"컥……?"

세 사람은 잠시 이해할 수 없다는 표정을 지었다. 민혁은 예전에도 식탐이 꽤 많았다. 하지만 이 정도까지는 아니었다.

'그동안 무슨 일이 있었던 거지?'

지혜는 의문이었다.

"근데 민혁 님 예의도 바르시고 성격도 좋으신 거 같더라고요. 그래서 길드 제의했는데……."

그 말에 지혜의 가슴이 두근거렸다. 하지만 윤찬은 고개를 저으며 말했다.

"아직 세상엔 먹을 게 너무 많다고 그러기 위해서는 혼자가 좋을 것 같다더라고요."

"아직도 귓속말 꺼져 있고요?"

"네."

윤찬이 끄덕였다.

세 사람이 한숨을 쉬었다. 관심 없는 듯하던 지수도 못내 신경 쓰이는 표정이었다. 아닌 척하지만, 그도 민혁과 다시 만나고 싶었기 때문이다.

"도대체 무슨 일이 있었던 걸까, 그 녀석에게……."

석태가 중얼거렸다.

네 사람은 잠시 침묵했다. 그러던 중.

"어? 지혜야, 길드 채팅 봐봐."

"길챗? 왜?"

휴대폰을 보고 있던 지수의 말에 그녀가 서둘러 휴대폰으로 길드 채팅을 확인했다.

[길드 채팅 아벨: 길마님, 지금 깨시려는 던전 공략할 방법 알아냈습니다^_^ 저밖에 없죠?]

"어?"

모두가 관심을 가졌다.

레전드 길드는 그 던전을 공략하고 즐투브에 영상을 업로드하는 것으로 첫 신호탄을 보낼 것이다. 그리고 지금, 전설 클래스 '정보꾼' 유저 아벨이 방법을 찾았다고 한다.

[길드 마스터 지니: 정말이요?]

[길드 채팅 아벨: 넵, 쓰담쓰담해 줘요~]

[길드 마스터 지니: (쓰담쓰담) 어떤 방법인데요?]

[길드 채팅 아벨: 지금 필요한 게 뛰어난 요리 버프잖아요? 세 명만 입장 가능하니까요.]

요리 버프가 꼭 필요한 이유는 그 던전은 3인 팟만 가능한데, 그런 3인 팟에서 한 명이 버프 능력자로 빠지게 되면 던전 자체가 너무 강해 공략이 불가능해진다.

[길드 채팅 지니: 그렇죠, 또 세 명에서 클리어하는 영상을 올려야 사람들이 더 환호할 테니까요.]

적은 숫자일수록 사람들은 더 좋아한다. 숫자로 공략을 밀어붙이지 않았다는 말이 되기 때문.

[길드 채팅 아벨: 라벤이라는 마을 아시나요?]
[길드 마스터 지니: 요리사의 마을 같은 곳 아닌가요?]
[길드 채팅 아벨: 맞아요. 그곳에 히든 퀘스트가 하나 있어요, 그 히든 퀘스트를 깨면 보상으로 주는 게 꽤 오랫동안 효과가 지속되는 요리 버프래요. 그리고 그 요리 버프 효과가 황혼의 요리사가 A급 재료들로 만든 요리보다도 낫다더군요.]

황혼의 요리사가 A급 재료들만 모아서 만든 버프 요리보다도 훨씬 더 낫다?
물론 이는 히든 퀘스트이기에 받는 딱 한 번의 보상일 뿐. 하지만 자신들에겐 딱 안성맞춤이다.

[길드 마스터 지니: 그 퀘스트 누가 주는데요?]

그녀가 기대감 어린 표정을 짓고 길드 채팅을 봤다.

[길드 채팅 아벨: 보르토라는 전 요리사의 탑장입니다.]

4장
먹빨교의 탄생

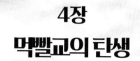

민혁은 몬스터들을 먹이기 위한 준비에 들어가기 전에 우측 상단에 떠오른 포만도를 보았다. 현재 포만도는 0%다. 거기에 더해 필드의 중앙에 두둥실 떠오른 채로 멈춰 있는 알을 볼 수 있었다.

　'저 알이 보상으로 얻을 수 있다는 몬스터 알이겠지?'

　민혁은 몬스터 알을 확인해 봤다.

(몬스터 알)

등급: ?

종류: 펫

설명: 아직 포만도가 채워지지 않아, 어떤 등급의 알이 될지 정해지지 않았다.

'포만도를 높게 올리면 좋은 몬스터를 얻을 수 있겠지, 그 몬스터 알을 톡 까서 계란프라이를 해 먹는 거야!'

생각만 해도 흐흐 웃음이 났다.

민혁은 시작 전에 주변을 둘러보았다. 몬스터는 정말이지 다양한 종류가 있었다. 오크나, 오우거, 아울베어, 그리고 하늘을 나는 와이번이나 거대한 뱀인 발락스의 아나콘다까지. 종류도 다양했다.

거기에 더 중요한 것은 그중에 보스들도 껴 있다는 거다. 예를 들어 예전에 사냥한 적이 있던 오크 부족장! 또는 오우거들의 보스격 몬스터인 트윈 헤드 오우거까지 있었다.

민혁은 드넓은 대지를 바라봤다.

"시작해 볼까?"

그는 엘레의 검을 곡괭이의 모양으로 변화시켰다. 그러고는 시작 전에 중급 농사를 열람해 봤다.

(중급 농사)

패시브 스킬

레벨: 1

효과:

• 재료 채집, 캐기와 같은 것이 60+60% 더 빨라진다.

• 30+30% 확률로 더 좋은 재료를 획득할 수 있다.

- 2+2% 확률로 특별한 재료를 획득할 수 있다.
- 씨앗을 심어 다양한 것을 키울 수 있다.

현재 손재주를 집중적으로 올리는 스킬은 세 개다. 붕대 감기, 대장장이 기술, 농사. 그중에서도 농사는 가장 낮은 레벨이었다. 농사는 이러한 퀘스트가 아니면 사실상 숙련도를 올리기 쉽지 않았으니까. 그리고 지금이 바로 그 숙련도를 대폭 상승시킬 기회 같았다.

그리고 크로니클의 실망과 다르게, 민혁은 최고의 농사꾼이었다. 중급 농사는 고작 1레벨일 뿐이었지만 두 배의 효과를 낼 수 있었고, 더 결정적인 사실은 민혁의 손재주 스텟이 1천을 넘었다는 것이었다.

아테네는 결국 게임이다. 그 때문에 고구마 캐기 때와 비슷하게 손재주가 크게 영향을 미치며, 씨앗을 뿌리고 재배를 한다고 가정할 시에 현실과 다르게 빠른 속도로 과일이나, 혹은 나무, 식물이 자라나게 될 것이다.

하지만 실제로 심어보는 것은 처음인 만큼 민혁 역시 얼만큼의 힘을 낼지는 몰랐으나.

"몬스터들을 먹이면 재료를 준다!"

그것 하나만으로도 민혁의 의욕은 차고 넘쳐흘렀다.

엘레의 검을 곡괭이로 변화시킨 민혁.

가장 먼저 해야 할 것은 바로 밭 갈기다. 민혁이 땅을 바라보자 역시나 붉게 표시된 곳이 있는 게 보였다.

민혁은 그곳을 곡괭이로 힘껏 내려쳤다.

퍼지잇!

땅이 파였다. 그리고 다시 몇 번 휘두른다.

퍼지잇!

퍼지잇!

그러자 놀랍게도 땅이 고르게 잘 갈렸다.

"호오."

민혁이 보기에도 감탄스러울 정도였다.

그는 마른 땅을 계속해서 갈기 시작했다. 1시간이 지나도, 2시간이 지나도 그는 쉬지 않고 밭을 갈았다.

사실 민혁은 몰랐지만, 씨앗을 심을 곳 하나를 만들기 위한 밭 갈기를 위해 초보 농사꾼들은 10분 정도를 소요한다.

하지만 민혁은 단 다섯 번 내에 해내고 있었다.

파핫!

파핫!

"아, 새참 먹고 싶다!"

밭 갈기를 하는 민혁은 영화 속에서 보던 아주머니들이 쟁반을 머리에 얹고 '새참이요!' 하는 소리가 당겼다. 거기에 도란도란 앉아 새참과 함께 막걸리를 꼴꼴꼴 따라서 마셔주면?

"크!"

민혁은 침을 한 번 닦아내고 밭 갈기를 계속했다.

파핫!

파핫!

그렇게 밭을 갈다 보니 반가운 소리가 들렸다.

[손재주 1을 획득합니다.]

[의지 1을 획득합니다.]

파핫!

파핫!

그러다가 다시 들려오는 알림!

[스킬 의지가 발동됩니다.]

[손재주에 관련한 모든 능력이 일시적으로 27% 상승합니다.]

민혁의 속도가 더욱 빨라지기 시작했다.

파핫!

파핫!

4~5번 만에 성공했던 밭 갈기도 이젠 거의 3~4번 만에 성공하고 있었다.

크로니클이 염려하는 건, '두 명의 손을 거쳐야 포만도를 채울 수 있을 텐데'라는 것이었다. 혼자보단 둘이 나으니까.

하지만 그는 민혁의 손재주 스텟이 매우 높다는 것과 그가

'먹을 것'이 연관되어 있다면 엄청난 집중력을 발휘한다는 사실 역시도 모르고 있었다.

파핫!

파핫!

하나의 씨앗이 들어갈 자리를 만드는 것은 빨랐지만, 민혁의 밭 갈기는 끝나지 않았다.

크로니클은 샐로브의 땅을 왕래할 수 있다 했었다. 그 말은 민혁이 200개의 씨앗을 가지고 있어도 이것으로 끝나지 않을지도 모른다는 의미다.

또한, 이 안에 있는 몬스터들의 숫자는 결코 만만치 않아 보였다. 적어도 500개의 씨앗이 들어갈 자리가 필요해 보였다.

파핫!

파핫!

그때. 또 다른 알림이 들려왔다.

[사도 보상을 획득합니다.]

[중급 농사 숙련도 획득률이 두 배 상승합니다.]

"호오?"

그랬다. 이곳은 식신의 직업 퀘스트를 하는 곳이기도 했지만, 사도의 직업 퀘스트를 하는 곳이기도 했다. 한데, 사도의 힘이 민혁의 것이 되었고 사도의 보상 역시 그의 것이 되는 것! 민혁은 뜻밖에도 중급 농사 스킬을 크게 올릴 수 있게 된 셈이었다.

파핫!

[중급 농사가 레벨업 합니다.]
[손재주 1을 획득합니다.]

파핫!

그는 계속해서 정말 쉬지 않았다.

'몬스터들을 먹일 때마다 나타난다는 재료는 어떤 걸까?'

그가 이토록 밭 갈기에 열중하는 이유는 바로 이것 때문이었다. 빠르게 몬스터들을 먹여서 보상으로 나올 요리 재료로 맛있는 걸 먹기 위해서!

시간은 계속 흘렀다. 5시간, 6시간, 7시간. 하지만 민혁은 지치지도 않고 계속해서 땅을 팠다.

어느덧 민혁은 단숨에 500개의 씨앗이 들어갈 자리를 만들었다. 일단은 200개의 씨앗을 먼저 심고, 그 상태에서 인근에 있는 강가에서 물을 길었다. 그리고 씨앗에 고루고루 물을 뿌려줬다.

엄청난 노가다였다. 본래 둘이 해야 하는 몫의 일을 혼자서 하니 녹록할 리가 없었다. 하지만 그는 잠도 자지 않고 물을 주었다.

그리고 물을 주면서 이러한 주문을 외웠다.

"자라나라 씨앗! 씨앗!"

200개의 씨앗에 모두 물을 준 후에는 곧장 절벽으로 이동했다. 절벽을 캐면 영양제를 얻을 수 있다고 들었기 때문이다.

절벽에 붉게 표시된 곳! 민혁은 그곳을 가격했다.

파핫!

파핫!

철광석을 캤던 때처럼 한두 번 만에 영양제가 우르르 떨어졌다.

[영양제를 획득합니다.]

민혁은 영양제의 정보를 확인해 봤다.

(영양제)

재료 등급: C

특수 능력:

• 씨앗의 성장을 촉진시키는 역할을 한다.

설명: 씨앗이 더 건강하고 빠르게 자라날 수 있게 도와주는 역할을 하는 영양제. 한 개의 영양제로 씨앗 열 개의 성장을 촉진시킬 수 있으며 효과는 중첩 가능하다.

"호오?"

중첩 가능! 말 그대로 영양제를 머금고 성장이 한 번 빨라진 씨앗도 계속 빨라지게 할 수 있다는 의미다.

하지만 생각해 보면 민혁이 할 일이 너무 많기에 그러기엔 쉽지 않아 보였다.

민혁은 일단 영양제 20개를 캔 후에 곧바로 씨앗에 적용시켰다.

[영양제를 사용합니다.]
[씨앗의 성장이 더 빨라집니다.]

민혁은 멈추지 않고 다시 절벽을 캐기 시작했다.

콰핫!

콰핫!

[중급 대장장이 기술이 레벨업 합니다.]
[광물을 제련할 수 있게 됩니다.]

알림을 들으며 계속 영양제를 캐던 민혁은 곧이어 노래를 부르기 위해 험험 하며 목을 가다듬었다.

민혁이 부르려는 단순한 노래가 아니었다. 바라스 왕국에서 그는 '초급 노래'도 배웠다. 단지, 쓸 일이 없었기에 사용하지 않았을 뿐이다.

이 초급 노래는 농사와 어느 정도 연관성이 있었다. 노래를 들려주면, 씨앗은 더 빠르게 자라난다.

민혁은 절벽에 곡괭이질을 하며 노래를 부르기 시작했다.

"빙수야~ 팥빙수야! 사랑해, 사랑해!"

[노래를 최고로 잘 부르셨습니다.]
[노래를 들은 정체 모를 씨앗의 성장이 더 빨라집니다.]
[손재주 1을 획득합니다.]

사실 민혁은 노래를 그렇게 잘하진 않았다. 하지만 노래 부르는 것까지 케어해 주는 1,100을 넘는 손재주 스텟의 힘!

그는 쉬지 않고 계속해서 불렀다.

[손재주 1을 획득합니다.]
[영양제를 획득합니다.]

노래도 부르고 절벽도 캐니, 손재주는 더 빠르게 상승할 수밖에 없었다.

"우유 좋아, 우유 좋아, 우유 주세요. 더 주세요!"

"곤드레~ 만드레~ 어? 곤드레밥 먹고 싶어졌어……."

잠깐 주춤한 민혁! 하지만 멈추지 않고 계속 절벽을 가격했다.

그리고 그 모습을 지켜보던 배고픔에 허덕이며 벽에 기대어 있던 오크 부족장이 중얼거렸다.

"취이이익…… 이, 이상한 인간이다……. 취이이익, 모든 노래가 먹을 거로 시작해서 먹을 거로 끝난다. 취이이익……."

오크 부족장은 고개를 절레절레 저었다.

잠이 들었던 크로니클은 서서히 깨어나기 시작했다.

그는 정신을 차리자마자 걱정부터 들었다. 이 몬스터의 낙원은 참으로 행복한 곳이었다. 어울릴 수 없는 몬스터들이 모두 모여서 어울린다.

와이번들은 때론 오크들을 등 뒤로 태우고 놀아주기도 했고, 힘의 대명사이자 흉포하다는 오우거들은 오크들이 무거운 것을 들고 있을 때 대신 들어주기도 하는, 행복한 낙원 그 자체였다.

이는 전에 있던 식신과 사도 덕분이었다. 하지만 이번에 온 식신의 후예는 그들보다 훨씬 미숙한 존재일 것이다. 그것도 사도도 없이 혼자서 왔다.

'반절이라도 살렸으면 좋겠건만…….'

그러기는 쉽지 않다. 혼자서 단 2주라는 시간에 해야 할 일이 너무 많았다.

'하루 정도 잤나?'

본래 피닉스는 잠이 많은 몬스터. 천천히 눈을 뜬 크로니클은 생각했다.

'이제 겨우 밭 갈기나 끝났으면 다행이겠군……'

그런 생각을 하며 웅크렸던 몸을 편 크로니클. 그는 고개를 슬그머니 들었다가 깜짝 놀랐다.

"이게……?"

그는 믿을 수 없다는 표정을 지었다. 500개의 씨앗이 들어갈 정도의 밭 갈기가 끝나 있다.

그뿐만이 아니었다. 무럭무럭 자라난 씨앗들은 곧 열매를 맺을 것만 같은 모습이었다.

거기에 식신은 계속 절벽을 캐며 영양제를 얻었다.

파핫!

파핫!

그가 절벽을 두들길 때마다 영양제가 후두둑 떨어진다.

"이, 이럴 수가……!"

크로니클은 과거의 사도도 본 적이 있다. 하지만 지금 이 식신은 과거 사도보다 뛰어난 채굴 능력을 갖추고 있다.

심지어 하루 동안 이 정도로 씨앗이 자라다니? 능력만으로 될 일일까? 아니, 그건 말이 안 된다.

식신은 온몸이 땀으로 흠뻑 젖어 있었다. 그는 매우 지쳐 보였다. 하지만 그는 멈추지 않고 곡괭이를 휘두르며 노래까지 불렀다.

그에 크로니클은 아차 싶었다.

"서, 설마⋯⋯!"

그는 어쩌면 안타까웠던 것일지도 모른다.

죽어가는 앙상한 몬스터들! 그들을 살리고 싶은 마음에 잠 한숨 자지 않고 저렇게 열심인 것이다!

'이렇게 고마울 수가!'

그리고 그순간. 자라나던 씨앗 하나가 드디어 열매를 맺었다.

[크로니클과의 친밀도가 상승합니다.]
[크로니클과의 친밀도가 상승합니다.]
[크로니클과의 친밀도가 상승합니다.]

"⋯⋯응?"

어서 빨리 몬스터들을 먹여서 맛있는 것을 먹자! 그런 생각을 품고 있던 민혁은 갑자기 들려온 알림에 고개를 갸웃했다.

"또 버그인가 보네. 흠⋯⋯."

자신은 맛있는 먹을 거를 생각하며 절벽을 캐고 있을 뿐인데, 갑자기 이런 알림이 왜 들린단 말인가?

그러던 중 민혁에게 또 다른 알림이 들렸다.

[정체 모를 씨앗이 열매를 맺습니다.]
[수확하실 수 있습니다.]

"호오?"

그의 고개가 밭으로 돌아갔고, 곧 깜짝 놀랄 수밖에 없었다.

"헉?"

씨앗을 통해 자라난 것. 그것이 긴 줄기 끝에 매달려 있었다. 그리고 곧 우렁찬 울음을 터뜨렸다.

"구이이이이이익!"

바로 돼지였다.

[정체 모를 씨앗이 열매를 맺습니다.]
[수확하실 수 있습니다.]

이어서 다른 열매가 맺어졌다. 그 열매에는 다름 아닌, 소가 있었다.

"음머어어어어!"

[정체 모를 씨앗이······.]

거기에 추가적으로 계속해서 열매를 맺는 정체 모를 씨앗.

"꼬끼!"

"메에에에에에, 메에에에에!"

닭에 이어 양까지.

"와……. 저 씨앗 우리 집에 가져가고 싶다……."

민혁은 감탄하고 또 감탄했다. 이런 획기적인 씨앗이라니!

그는 절벽을 캐던 것을 멈추고 밭으로 다가갔다.

"웃차!"

민혁은 2m 높이로 자라난 줄기의 끝에 매달린 돼지에게 손을 뻗었다.

[돼지를 수확합니다.]

[돼지의 모든 부위를 획득하셨습니다.]

"호오?"

꽤 편리한 시스템이었다.

이어서 이번에는 소에게 손을 뻗었다.

[특별한 소를 수확합니다.]

[소의 모든 부위를 획득하셨습니다.]

"특별한 소? 아……!"

민혁은 알아챌 수 있었다.

중급 농사 스킬로 고구마나, 혹은 다양한 것을 얻을 때, 특별한 것을 획득할 수 있는데, 이것이 캐는 것에만 영향을 미치는 게 아니라 수확에도 영향을 미치는 것!

민혁은 수확한 꽃등심을 확인해 봤다.

(특별한 꽃등심)

재료 등급: D

특수 능력:

- 일반 꽃등심보다 훨씬 더 맛있다.

설명: 정체 모를 씨앗에서 수확한 특별한 소를 통해 얻은 꽃등심이다. 무척 맛있지만 몬스터를 제외하면 먹을 수 없다.

"……헐."

민혁은 서러움에 그렁그렁 눈물이 맺힐 것 같았다. 열심히 키워냈는데 정작 자신은 먹지 못하다니. 설렁탕을 사 왔는데, 먹지 못하는 격과 뭐가 다른가!

그는 먼 산을 바라보다가…….

"인생……."

한숨을 쉬었다.

하지만 곧 고개를 저었다. 왜냐하면 몬스터들을 먹이면 보상으로 재료가 나오기 때문!

그는 재빨리 자라난 것들을 수확했다. 그다음, 누구를 먼저 먹일지 사냥감을 물색했다.

곧이어 타켓이 눈에 들어왔다.

힘없이 벽에 기대어 있는 오크 부족장! 그는 갑자기 정신 나간(?) 인간이 자신에게 오자 흠칫하고 놀랄 수밖에 없었다.

곧이어 앞으로 다가온 인간은 불판 위로 돼지고기를 익히기 시작했다.

고기를 다 익힌 후에는 젓가락으로 한 점을 집었다. 그리고 자신에게 내밀려다가 한 손으로 자신의 젓가락을 쥔 손을 잡아챘다.

"크윽, 어쩔 수 없어. 오른손아! 신의 요리를 먹기 위한 과정이라고. 내가 태어나 남을 먹여주는 날이 올 줄이야⋯⋯!"

그는 서러움에 눈물이 그렁그렁해 보였다.

오크 부족장은 생각했다.

'취이이익, 미, 미친놈이 확실하다⋯⋯.'

정말 서러운 표정으로 힘겹게 내미는 민혁!

오크 부족장은 어느덧 입까지 다가온 잘 구워진 돼지고기를 툭 하고 쳐냈다.

"⋯⋯."

바닥에 떨어진 고기!

스르르릉!

미친 인간이 망설이지 않고 검을 뽑았다.

"감히 고기를 버려? 돼지님께 사과해!"

사내는 단숨에 자신의 목을 칠 것 같은 기세였다.

오크 부족장은 당황했다.

"추, 취이이익! 미, 미친 인…… 아니, 멋진 인간아……! 취이
익, 우리 오크들은 취이익, 익힌 고기는 먹지 않는다……!"

그 말을 들은 미친 인간은 고개를 갸웃했다.

"응?"

고개를 갸웃한 민혁은 오크 부족장의 말을 빠르게 이해했다.

'사마귀가 메뚜기를 잡아먹는다고 이상하게 여기는 사람은
없지.'

그처럼 살아 있는 모든 존재는 각자 먹거리가 다르다. 밀림
의 지배자라는 코끼리는 그 거대한 몸을 가졌음에도 초식 동
물인 것처럼.

'아, 어쩌면 이건 내가 아둔했구나!'

민혁은 묘한 깨달음을 얻었다.

그러면서 곰곰이 생각해 봤다.

"그럼 날것만 먹는다는 건가?"

"취이이익, 그, 그렇다. 멋진 인간아, 나도 배가 고프다. 실수로 고기를 떨어뜨린 건 취이익, 미안하다!"

"흠……."

민혁은 고개를 끄덕였다.

'날것이라.'

그러다 아차 했다.

'우둔살……!'

우둔살은 저번에 육회를 해 먹었던 것처럼 날로 먹는 부위이다. 민혁은 그 우둔살 하나를 통째로 꺼냈다. 그다음 육사시미 양념을 만들기 시작했다. 그리고 양념장과 우둔살을 따로해서 오크 부족장에게 건네줬다.

"취이이익, 취이익. 먹을 거다, 취이익, 취이익."

민혁은 기대했다.

'맛있는 육사시미……!'

오크에 걸맞게 잘라주진 않았지만 육사시미는 분명히 맛이좋다.

오크 부족장은 그 누렁니로 서둘러 우둔살을 깨물었다. 그러고는 힘껏 찢어서 입에 넣고 우물거렸다.

"취이이익, 맛있다. 취이이익……!"

곧 민혁이 말했다.

"이 양념에도 찍어 먹어봐."

"취이이익? 그, 그럼……."

민혁은 오크가 먹는 것을 보면서 대리 만족(?)을 하는 중이었다. '나였으면 육사시미 양념에 찍어 먹었을 텐데!' 같은 생각을 하면서.

오크 부족장은 양념을 안 찍어 먹으면 가만두지 않을 것 같은 민혁의 기세에 조심스레 양념을 발랐다.

"와구와구!"

먼저는 참기름의 고소한 맛이 느껴질 것이다. 그다음에는 매콤달콤한 양념 맛이 입안 가득 퍼지고 쫄깃한 우둔살의 식감을 느낄 수 있겠지.

우물거리던 오크 부족장. 그가 넋을 놓고 우둔살과 민혁을 번갈아 바라봤다. 그러더니, 이어 천상의 맛을 본 듯 감탄했다.

"마, 맛있다…… 인간아. 취이이익, 세, 세상에서 이렇게 맛있는 건 처음 먹어본다……!"

"역시 그럴 줄 알았다니까!"

오크는 익힌 걸 먹지 않는다. 그러면 익히지 않은 걸로 먹을 수 있게 해주면 되는 셈.

게눈 감추듯 먹어치우는 오크 부족장.

곧이어 알림이 울렸다.

[오크 부족장을 먹었습니다.]

[오크 부족장을 사냥했을 시의 경험치와 아이템, 골드를 획득하며 다음부터 이 알림은 들리지 않습니다.]

[오크 부족장이 맛있는 식사에 정말 만족해합니다. 보상이 더 좋아집니다.]

[232,134골드를 획득합니다.]

[오크 부족장의 대검을 획득합니다.]

특별한 방식의 보상이었다.

오크 부족장을 사냥했을 시의 경험치나 아이템을 그대로 획득하고, 만족한다고 했을 시 보상률이 올라간다. 예전에 오크 부족장을 사냥했을 당시에 17만 골드 정도를 얻었으니, 보상이 약 30% 정도 더 좋아진 셈. 경험치 획득률도 마찬가지였다.

하지만 정작 민혁은 실망한 기색이 역력했다.

"뭐, 뭐지? 왜 요리 재료 안 나와! 흐엉!"

[뭐, 뭐지? 왜 요리 재료 안 나와! 흐엉!]

실망한 기색이 역력한 민혁 유저! 그를 보며 특별 유저 관리팀의 박 팀장과 이민화가 쓴웃음을 지었다.

"엄청난 보상이 앞에 있는데, 요리 재료가 안 나온다고 실망하다니……."

"저 유저, 이 보상이 뜻하는 걸 모를까요?"

"아니, 알 거야. 저 유저 똑똑하잖아."

지금 이 보상 자체는 다른 유저들이 듣는다면 경악할 수밖에 없는 보상이다.

그 이유는 몬스터의 낙원에는 다양한 레벨의 몬스터들이 서식하기 때문이었다. 레벨 30대에서 시작하는 오크부터 350을 넘나드는 와이번까지. 정말이지 말도 안 될 정도의 몬스터들이 있다.

민혁 유저의 레벨은 이제 겨우 160을 넘었는데, 그런 유저가 300레벨대의 몬스터를 사냥했을 시의 경험치를 얻는다? 엄청난 폭업이라는 거다.

"그뿐만이 아니지, 아이템도 드랍되니까."

더 엄청난 건 바로 아이템 드랍이다.

저곳엔 다양한 네임드 몬스터가 포진해 있다.

레어 몬스터를 사냥하면 레어 아티팩트가 랜덤으로 드랍되며 아주 희귀한 확률로 유니크 아티팩트를 얻는다. 그리고 유니크 몬스터를 사냥하면 유니크 아티팩트가 랜덤 드랍되고 희귀한 확률로 에픽 아티팩트를 얻는다!

모니터를 바라보던 박 팀장이 중얼거렸다.

"그리고 저곳엔 전설 몬스터도 존재한다는 거지."

절망하던 민혁은 곧이어 아픈 가슴을 추슬렀다.

'아니야, 아직 고작 한 마리 먹였으니까.'

더 먹이다 보면 재료가 나올지도 모른다.

민혁은 스스로를 위안하며 우둔살을 꺼내어 육사시미 양념과 함께 준비했다. 그 다음, 오크들에게 주었다.

"춰이이익, 춰이이익. 정말 맛있다. 춰이이익!"

"춰이익, 이렇게 맛있는 것은, 춰이익, 처음 먹어본다!"

"춰이이익, 너 지금 울고 있다. 춰이이익!"

민혁은 맛있게 고기를 취하는 오크들을 보다가 자신도 모르게 흐뭇하게 아빠 미소를 지었다.

그러다가 흠칫했다.

'아, 아니, 왜 내가 먹는 것도 아닌데, 이렇게 흐뭇하게 웃고 있는 거지?'

식신이 느껴보라고 했던 것이 바로 이런 것이었을까? 괜히 마음이 편안해지고 한술 더 떠먹여 주고 싶은 마음이 들었다.

'그래도 역시 내가 먹는 게 최고지!'

기분이 나쁘지는 않았지만, 민혁은 역시 본인이 먹는 게 최고라고 생각했다.

[오크를 먹였습니다.]

[오크가 맛있는 식사에 정말 만족해합니다. 보상이 더 좋아집니다.]

[805골드를 획득합니다.]

[오크의 도끼를 획득합니다.]

[오크를 먹였습니다.]

[오크가 맛있는······.]

[레벨업 하셨습니다.]

빠르게 획득하는 보상!

어느덧 다 먹어치운 오크들은 순식간에 살이 포동포동하게 차올랐다.

그들은 본래 식신이 해준 50년간 배고프지 아니한 요리를 먹었으나, 그 효과가 사라졌었다.

하지만 이제 민혁이 해준 요리를 다시 먹고 영원히 음식을 먹지 않아도 되는 몸이 되었다.

그러던 중. 민혁은 또 다른 알림을 들을 수 있었다.

[간고등어 재료를 획득합니다.]

"오······!"

민혁은 쾌재했다. 아마도 이는 '포만도' 수치에 따라서 재료가 지급되는 것 같았다.

민혁은 곧 바로 간고등어 재료를 확인해 봤다.

(간고등어)

재료 등급: C

특수 능력:

• 정말 맛있다.

설명: 식신이 백년소금을 통해 절여놓은 간고등어이다. 식신은 이 재료를 남기면서 자부했다. 세상에서 이보다 더 맛있는 간고등 어는 없을 것이다. 단, 식신의 환상의 집밥 재료를 모두 모아야지 만 먹을 수 있다.

간고등어: 1/1

된장찌개: 0/1

구운 김: 0/1

계란찜: 0/1

시금치무침: 0/1

콩나물무침: 0/1

"와……!"

민혁은 감탄할 수밖에 없었다.

백년소금이라는 것을 통해 절여놓은 간고등어라니? 생각만 해도 군침이 돈다.

노릇노릇 잘 구워진 간고등어.

막 익힌 간고등어에서 기름이 지글지글 튀고 있다. 그때 간 장 고추냉이 양념을 살살 풀어준다. 그 다음 그 오동통하고 바삭바삭, 짭조름한 간고등어를 젓가락으로 푹 찔러서 살점을 들어 올린다. 한입은 그냥 먹어본다.

"우물우물!"

민혁은 마치 입에 있는 것처럼 씹어보는 제스처를 취했다.

입에 넣고 씹으면 짭조름하고 오동통한 살 맛에 감탄이 나온다. 그치지 않고, 살점을 젓가락으로 집어 이번에는 간장 고추냉이 양념에 찍어 먹어본다. 간장 고추냉이와 어우러지는 간고등어의 맛. 밥 100공기는 뚝딱이다.

심지어 위에 나열된 재료들은 어떠한가. 엄마가 해주신 집밥 같은 요리 재료들! 저 메뉴라면 정말 밥이 쉴 새 없이 들어간다는 거다!

'역시 식신님은 먹을 줄 아시는 분……!'

민혁은 감탄했다. 그러면서 어서 빨리 포만도를 올려야겠다고 생각했다.

그때, 오크 부족장이 다가왔다.

"취이이익, 멋진 인간아……! 정말 맛있었다. 취이이익, 취이이익……!"

"취이이익, 인간아, 정말 잘 먹었다!"

오크들이 민혁에게 인사를 하고 있었다.

몬스터들도 어찌 보면 인간과 다를 바 없었다. 맛있는 것이라면 누구든 좋아한다는 것.

"취이이익, 뭔가 보답이라도 해주고 싶지만, 우리가 가진 게 없다. 취이이익, 고맙다는 말밖에 할 수가 없다. 취이이이익!"

그들은 민혁이 보상을 받았다는 걸 모를 터다.

그때. 민혁의 머릿속을 기발한 생각이 스치고 지나갔다.

'이거…… 포만도를 금방 채울 수 있을지도 모르겠는데?'

그의 얍삽한 먹자 더듬이가 발동하는 순간이었다.

"그럼 이렇게 하는 건 어때?"

"취이익, 어떤 걸 말인가?"

오크 부족장이 의아한 표정을 지었다.

"나를 도와서 농사를 짓는 거지!"

"취이이익, 취이이익? 아…… 갑자기 온몸이 쑤신다. 취이이익……."

"취이이익, 갑자기 어지럽다……. 취이이익, 나 사실 빈혈 있다."

'……확.'

게으른 오크들! 그들은 갑자기 딴청을 피우기 시작했다. 배부르게 먹어 행복하지만 움직이기는 싫다. 원래 배부른 후에 움직이기가 가장 싫은 법!

하지만 민혁은 어느 정도 예상했던 일이다.

그 때문에 말했다.

"하……. 그럼 어쩔 수 없네, 여기 있는 모든 몬스터들 먹이고 나서 너희들에게도 다시 한번 요리를 해주려고 했건만, 이번엔 방금 준 소고기보다 훨씬 더 맛있는 걸로 해주려고 했는데……."

"취이익……? 가, 갑자기 몸에 힘이 솟는다. 인간……!"

"취이이익? 어지럽던 머리가 맑아졌다. 빈혈이 사라졌어!"

"취이이이익, 취이이이익!"

민혁은 그런 그들을 보며 흐흐- 하고 웃었다.

그들은 민혁의 요리를 먹고 더 이상 배고프지 아니하게 되었다. 하지만 영원히 배고프지 않다고 해서 맛있는 걸 먹기 싫은 건 아니다.

더군다나, 민혁이 이제 이 던전을 나가게 된다면 더 이상 오크들은 음식을 먹지 못한다. 죽을 때까지 맛있는 걸 먹지 못하게 되는 셈일지도 몰랐다! 그 때문에 마지막으로 맛있는 음식을 먹고 싶던 것이다.

"취이이이이익, 우리 뭐 하면 되나. 인간!"

"음……. 너희는 어디 보자, 양동이에 물을 길어서 씨앗에 물을 줘!"

사실상 머리가 좋지 못한 오크들! 그런 오크들이 해줄 일은 정말 쉽고도 단순한 물 주기다.

"취이이이익, 하지만 인간아, 취이이익. 우리에겐 취이이익, 양동이가 없다."

"……."

민혁은 난관에 봉착하는가 싶었다.

"취이익, 50년 전 이후로 양동이를 쓰지 않아, 모두 녹슬고 망가져 버렸다."

"그럼 있다는 거네? 곡괭이랑 호미 같은 것도 있나?"

"취이이익, 있다."

"모두 가져와!"

"취이이익? 알겠다."

오크 부족장과 오크들이 빠르게 움직였다.

그들의 생각은 이러했다.

'취이이익, 여기 있는 모든 몬스터들을 모두 먹여야 우리 음식을 또 해준다고 했다, 취이이익. 맛있는 것…… 취이이익, 먹는다!'

그들은 서둘러 양동이와 호미, 곡괭이 등 다양한 것을 가지고 왔다.

민혁은 양동이에 수리 스킬을 발동시켰다.

"수리!"

[양동이를 최고로 잘 수리하셨습니다.]

[내구도가 대폭 상승합니다.]

[잘 녹슬지 않게 됩니다.]

[더 많은 물을 담을 수 있습니다.]

"수리!"

[양동이를 최고로 잘 수리하셨습니다.]

[내구도가 대폭 상승합니다.]

[잘 녹슬지 않게 됩니다.]

[더 많은 물을 담을 수 있습니다.]

[손재주 1을 획득합니다.]

그야말로 꿩 먹고 알 먹고! 오크도 부려먹고 손재주 스텟과 대장장이 기술 숙련도도 올린다.

"어서 가서 물을 길어, 빨리 끝나야 맛있는 걸 먹지, 일하지 않는 자 먹지도 말라!"

"췌이이이익, 가자. 췌이익, 췌이이익!"

오크들이 양동이를 들고 물을 길으러 가기 시작했다.

'흐흐흐……. 좋아 이런 식이면 요리 재료를 더 빨리 모을 수 있어.'

민혁은 지금 다른 이들은 미처 생각도 못 하는 일을 하고 있었다. 특히 몬스터의 도움을 받는다는 것은 놀라운 일!

퀘스트라고 해서 혼자 할 필요가 있나? 그들의 도움을 받으면 속도는 훨씬 빨라질 터.

그 순간 알림이 울렸다.

[카리스마 1을 획득합니다.]

'호오?'

카리스마는 사실상 레벨이 높은 유저들이 올릴 수 있는 스텟이다. 그 이유는 카리스마 자체가 지휘, 통솔과 영향이 있기 때문이다. 사실 민혁의 레벨엔 오르기 힘든 스텟!

카리스마가 오르면 추후에 몬스터를 부리거나, 병사 혹은 다양한 것들을 부릴 때, 더욱더 충성도가 높아진다.

민혁은 그 자리에 있는 모든 걸 수리했다.

"수리!"

[곡괭이를 최고로 잘 수리하셨습니다.]
[내구도가 대폭 상승합니다.]
[잘 녹슬지 않게 됩니다.]
[곡괭이를 최고로 잘……]

그리고 수리를 끝마친 후에 다음 사냥감을 물색했다. 바로 오우거들!

민혁은 막 움직이던 중, 신이 나서 뛰어가던 오크 하나가 넘어지는 걸 봤다. 서둘러 다가간 민혁은 무릎이 까진 오크에게 붕대 감기를 해줬다.

"붕대 감기!"

[붕대를 최고로 잘 감았습니다.]
[상처 회복률이 5% 상승합니다.]
[회복 시간이 매우 빨라집니다.]

"춰, 춰이이익…… 이, 인간아……."

오크는 진심으로 감동한 표정으로 그를 보았다.

그의 어깨를 두들긴 민혁.

'어서 빨리 내가 요리를 먹을 수 있게 일해라, 오크 놈아!'

하지만 그는 속마음과 다르게 말했다.

"어서 일 끝내고 맛있는 걸 먹자."

툭툭-

그러면서 어깨를 두들겨 주는 민혁. 그는 과연 치밀했다.

"춰이이이이익, 나 열심히 한다. 춰이이익!"

양동이 두 개를 들고 달려가는 오크!

[카리스마 1을 획득합니다.]

"히히."

웃음 지은 민혁은 오우거들에게 다가갔다.

그중 우두머리 격인 트윈 헤드 오우거! 트윈 헤드 오우거에게 물으니 그들은 오크들과 다르게 잡식성이라고 하였다.

어차피 한 번 먹는 거 제대로 먹이는 게 좋지 않은가? 민혁은 불판 위로 소고기를 구웠다.

치이이이이익!

경쾌한 소리! 그리고 황홀하게 익어가는 꽃등심과 살치살!

트윈 헤드 오우거는 처음 접해보는 방식의 음식에 의아한 표정을 지었다.

"크르, 배고프다. 크르."

"크르, 저거 맛있을까?"

넋 놓고 익어가는 소고기를 바라보는 트윈헤드 오우거!

"소고기는 너무 익히면 맛없어, 자, 아 해!"

민혁은 소고기를 소금장에 찍어서 트윈 헤드 오우거에게 내밀었다. 하나의 머리가 망설이다가 배고픔을 이기지 못하고 입에 넣었다.

그리고…… 불판을 보았다. 그리고 다시 민혁을 본다. 또 불판을 다시 본다. 또 한 번 민혁을 보며 번갈아 본다.

"크르……. 너무 맛있다. 크르!"

트윈 헤드 오우거가 감탄했다.

"소고기는 언제나 옳지! 인정?"

"인정한다. 맛있다, 와구와구!"

그 뜨거운 불판 위로 손을 가져다 와구와구 먹는 트윈 헤드 오우거!

곧바로 알림이 울렸다.

[트윈 헤드 오우거를 먹였습니다.]

[트윈 헤드 오우거가 맛있는 식사에 정말 만족해합니다. 보상이 더 좋아집니다.]

[1,823,151골드를 획득합니다.]

[트윈 헤드 오우거의 건틀릿을 획득합니다.]

[트윈 헤드 오우거의 피를 획득합니다.]

[트윈 헤드 오우거의 단단한 가죽을 획득합니다.]

[레벨업 하셨습니다.]

[레벨업 하셨습니다.]

[레벨업…….]

레벨업만 자그마치 15번! 이 역시 보상이 좋아졌다. 민혁은 트윈 헤드 오우거의 건틀릿을 확인해 봤다.

(트윈 헤드 오우거의 건틀릿)

등급: 에픽

제한: 격투가, 힘 700, 체력 500

내구도: 10,000/10,000

공격력: 266

특수 능력:

• 힘 20%

• 스킬 오우거의 분노.

또 다른 에픽 아티팩트! 하지만 민혁이 착용할 수 없는 아티팩트였다. 민혁은 아티팩트를 팔아서 맛있는 것을 사 먹을 생각을 했다.

'잡템이 너무 많아!'

그는 이제까지 모아온 아티팩트가 엄청나게 많았다. 팔아야지, 팔아야지 하면서 매일 때를 놓치고 있었던 것!

그다음 트윈 헤드 오우거의 피! 이는 트윈 헤드 오우거에서 아주 희귀한 확률로 나오는 아티팩트 재료다.

민혁은 곧바로 다른 오우거들도 먹이기 시작했다.

두런두런 불판 앞에 앉아 고기를 먹는 오우거들! 참으로 가관이었다.

[오우거를 먹였습니다.]

[오우거가 맛있는 식사에 정말 만족해합니다. 보상이 더 좋아집니다.]

[5,141골드를 획득합니다.]

[오우거의 힘 벨트를 획득합니다.]

[오우거의 피를 획득합니다.]

[레벨업 하셨습니다.]

[레벨업…….]

[된장찌개 재료를 획득합니다.]

역시나 포만도의 퍼센트가 오르자 또 다른 재료를 획득했다.

민혁은 오우거들이 만족하는 모습을 볼 수 있었다.

"혹시 나를 도와 절벽을 캐서 영양제를 얻어주지 않을래?"

"크르! 우리 보고 그런 일을 하라고?"

"우린 오우거다! 오우거!"

트윈 헤드 오우거가 콧방귀를 뀌었다.

오크들보다 거만한 놈들이었다. 그들은 절벽을 캐는 조잡한 일 따위 내키지 않는 것 같았다.

"어찌 우리가 곡괭이를 들고 절벽을 캔단 말인가!"

그에 민혁은 말했다.

"모든 몬스터들 먹이는 일이 빨리 끝나면 한 번 더 너희들에게 고기 파티를 열어주려 했더니…… 이번엔 더 맛있는 부위로 해서……."

"크르?"

"크르크르! 더 맛있는 부위?"

트윈헤드 오우거와 오우거들이 격한 반응을 보였다.

"하지만 우리가 절벽을 캐는 건 자존심 상한다, 크르!"

"크르, 맞다!"

하지만 그들은 자존심을 지키겠다는 모습이다. 그에 민혁은 이걸 어떻게 해야 하나 하다가 말했다.

"휴……. 사실 이 일은 너희가 맛있는 걸 먹는 게 아니라, 이 몬스터의 낙원 친구들을 살리는 일인데……."

내심 갈등하고 있던 오우거들! 그들은 기회라는 듯 말했다.

"그들을 돕는 일이라면 하겠다!"

"크르, 그럼 당연히 해야지, 우린 절대 고기가 먹고 싶어서가 아니다."

"우린 고기 때문에 하는 게 아니다!"

그들은 핑계를 댔다.

[카리스마 1을 획득합니다.]

이어 오우거들이 곡괭이를 들고 절벽을 향해 움직였다. 그리고 절벽을 캐기 시작했다.

콰직!

콰지익!

이건 결국 게임이다. 그렇기에 게임 시스템을 기반으로 한다. 채굴 스킬이나, 손재주 스텟이 없는 오우거들은 민혁보다 훨씬 느리다. 하지만 일반 사람도 시간만 오래 들인다면 결국 채굴이 가능하다.

심지어 힘이 막강한 오우거라면? 또 그런 녀석들이 서른 마리가 넘는다면? 아무리 스텟이나, 스킬이 없어도 빠르게 채굴할 수 있다는 거다. 민혁보다도 빠르게!

민혁은 이처럼 몬스터들을 먹이면서 계속해서 그들을 꼬셔 노동자로 만들었다.

"조금만 더 힘내자, 곧 맛있는 걸 먹을 수 있어!"

"취이이이익, 맛있는 거……! 취이익, 먹는다!"

"먹자! 먹자! 먹자!"

모두가 먹을 것의 노예가 되어 민혁을 위해 움직여 줬다.

민혁 혼자서 해야 하는 일은 본래 네 가지가 넘었다. 물 기르기, 절벽 캐기, 씨앗 심기, 밭 갈기, 요리해 주기 등등! 하지만 그 모든 것을 다른 몬스터들이 해주니 시간은 훨씬 단축될 수밖에 없었다.

포만도가 빠르게 차오른다. 민혁은 슬쩍 몬스터 알을 확인했다.

(몬스터 알)

등급: 유니크

종류: 펫

설명: 포만도에 따라서 몬스터 알이 현재 유니크가 되었다.

몬스터 알이 유니크가 되었다.

필드에서 가장 흔한 네임드가 레어 몬스터다. 그다음이 유니크! 하지만 유니크조차도 꽤 강한 힘을 발한다.

그러한 유니크 몬스터가 들어 있는 알을 프라이팬에 톡 까서 먹으면?

'캬!'

펫조차도 먹으려고 하는 민혁은 참된 먹자인이었다!

그러던 중, 민혁은 가져왔던 씨앗이 모자랄 거 같다는 걸 알 수 있었다.

'씨앗을 단기간에 많이 얻는 방법이 있지. 후후.'

크로니클은 처음에 몬스터 낙원의 이들이 이곳을 나갈 수 없다고 했다. 그 의미는 즉, 들어오는 건 가능할지도 모른다는 이야기다.

샐로브의 땅. 그곳에 파티원 세 사람과 함께 있는 레미는 서둘러 전사 유저인 코르코한테 힐을 사용했다.

"성스러운 힘이여, 내게 힘을 빌려주소서!"

[힐]
[지정한 대상의 HP를 25% 회복시킵니다.]

코르코의 몸의 상처가 치유된다.

"크읏, 이 빌어먹을 거미줄!"

단단한 샐로브의 거미줄. 그 때문에 그들은 꽤 난항을 겪는 중이었다.

궁사 유저가 서둘러 스킬을 사용했다.

[트리플샷]
[세 발의 화살이 날아갑니다.]

펏!

펏!

펏!

샐로브의 몸에 박히는 화살! 어느덧 기운을 잃은 샐로브를 코르코가 단숨에 도끼로 내리찍었다.

퍼짓!

"끼에에에!"

퍼짓!

곧이어 축 늘어지는 샐로브.

"후, 진짜 세네."

코르코가 한숨을 뱉었다. 레미의 파티원들은 레벨 200대의 유저들. 넷으로는 샐로브 두 마리만 나와도 버거운 싸움이 이어졌다.

샐로브가 레벨 대비해서 무척이나 난처한 이유는 단단하고 질긴 거미줄 탓이었다. 한 번 몸에 감기면 풀기가 여간 어려운 게 아니었기 때문. 레미에게 거미줄을 푸는 능력이 있긴 했지만, MP가 따라가지 못했다.

하지만 경험치와 아이템은 그만큼 흡족하게 줬기에, 그들은 아슬아슬한 외줄 타기를 하듯 사냥을 즐기고 있었다.

바로 그때.

"삐이이이이이이!"

"새소리?"

불편한 소리는 아니었지만, 갑자기 들리는 정체 모를 새소리에 그들은 고개를 갸웃거렸다. 의아한 표정을 지은 레미와 일행의 시선이 소리가 들린 곳으로 넘어갔다.

곧이어 그들은 고개를 갸웃했다. 아까까지만 해도 평범한 절벽의 색을 띠고 있던 협곡이 검게 물들어 있었다.

"왜 갑자기 절벽이 검게 물들었지?"

꽤 먼 거리였기에 궁수 유저가 스킬을 사용했다.

[매의 눈]
[시력이 일시적으로 2배 뛰어나집니다.]

"헉……?"

궁수 유저가 뒷걸음질 쳤다.

"왜 그러시죠?"

뒷걸음질 치는 궁수 유저는 사색이 되어 입술을 파르르 떨고 있었다.

"가…… 아…… 에요……."

"예?"

"절벽이 검게 물든 게 아니에요! 저거 다 샐로브라고요!"

"……헉?"

"꺅!"

그들은 경악할 수밖에 없었다.

협곡. 그곳의 절벽을 가득 채운 검은 것들이 전부 샐로브들이라고? 족히 수백 마리는 되어 보이는 숫자였다.

그 순간, 그들의 눈앞에 협곡 사이를 달리는 사내가 보였다. 프라이팬을 등 뒤에 차고 뿔 투구를 쓴 사내.

"……코스프레?"

그들은 저런 유저들이 워낙 많아 그렇게 생각했다.

"서, 설마 저거 어그로 끈 건가?"

"미친……. 말도 안 돼."

"저 유저 진짜 프라이팬 살인마 맞는 거 같은데요?"

"예?"

코르코의 말에 레미가 그를 돌아봤다.

"프라이팬 살인마 영상 보면 이상한 새 울음소리 내면서 어그로 끌었잖아요. 지금도 똑같고……."

"와, 스크린 샷 찍어봐야지! 근데 저 새소리가 도대체 뭐길래, 어그로를 이렇게 끌 수 있죠?"

정말 말도 안 될 정도로 놀라운 어그로 능력. 심지어 더 놀라운 건, 사내는 샐로브들에게 쫓기면서도 공격 한 번을 허용하지 않고 검을 뽑아 들어 거미줄을 갈라 버렸다는 거였다.

"근데 몹 몰이를 왜 저렇게 하지? 너무 무식한데……."

사실상 저렇게 몹 몰이를 해서 잡는다는 것 자체가 말이 안 된다.

그러던 중, 프라이팬 살인마가 갑자기 한 동굴 안으로 들어 갔다.

"아, 혹시……!"

코르코가 아차 했다.

"동굴 안에 샐로브 한 마리만 들어올 수 있는 협소한 공간 이 있는 것 아닐까요?"

"협소한 공간이요?"

"네, 그 협소한 공간 안으로 먼저 유저가 들어가고 그다음 샐로브가 들어오면 사냥하고 놈이 죽으면 바로 다른 샐로브 가 채워지는 식으로요."

"오호. 그럼 몹을 찾아다니는 시간을 줄일 수 있겠네요? 어? 근데 몹 시체 때문에 불가능한 거 아닌가요?"

"리비스의 시체 처리서를 사용하면 지정한 장소 시체 1시간 동안 바로 사라지게 할 수 있잖아요."

리비스의 시체 처리서는 유저들이 사냥하고 시체들을 오래 보고 싶지 않을 때 사용하는 스크롤이다.

"아하!"

"어? 근데, 다시 생각해 보니까……."

코르코는 경악할 수밖에 없었다.

"저 수백 마리를 그렇게 잡는다니……. 생각해 보니 그것도 말이 안 되는데……. 저 사람은 지치지도 않나? HP가 못 따라 갈 텐데."

협소한 공간으로 샐로브를 끌어들이고 한 마리씩 사냥하는 방법. 하지만 이렇게 사냥한다고 해도 보통 5~10마리 정도를 몰아서 사냥한다. 한데, 수백 마리를 그렇게 사냥한다?

"사람이 수백 마리를 일대일로 잡는다는 게 말이 안 되는데……."

어느덧 동굴을 바라보자 더 이상 동굴로 들어갈 수가 없는 것인지, 샐로브들이 뒤엉키고 있었다.

한데, 곧 놀라운 일이 벌어졌다.

"헉……?"

못 들어가는 듯싶었던 샐로브들이 물밀 듯 들어가기 시작한다.

'그 의미는 공간이 생겼다는 거잖아, 계속 사냥해서!'

모든 샐로브가 안으로 들어갔다. 그들은 휴식도 취할 겸 그 모습을 바라봤다.

그러던 중이었다. 프라이팬 살인마가 동굴 밖으로 나왔다. 그리고 기지개를 힘껏 켜고는 안으로 들어갔다.

"……헐!"

"마, 말도 안 돼. 20분 만에 수백 마리를 사냥했다고?"

말도 안 되는 일!

"저희 저쪽으로 구경 가볼까요? 스크린 샷도 좀 건지고요."

코르코는 놀란 눈으로 말했다.

"그래요!"

그렇게 말하며 그들이 움직이려던 때였다. 그들은 자신들에게 드리워진 그림자에 불안감을 느꼈다.

곧이어.

푸화아앗!

푸화아아앗!

거미줄이 그들을 감았다.

그들의 고개가 돌아갔다. 샐로브 네 마리였다. 그들이 한눈을 판 틈을 타서 슬금슬금 접근해 그들을 거미줄로 감아버린 것!

그들은 강제 로그아웃 당하고 말았다.

"아, 짜증 나. 렙따 당했잖아!"

캡슐에서 나온 레미, 현아는 머리를 헝클어뜨렸다.

"그래도 스크린 샷은 건졌네?"

동굴 안은 확인하지 못했지만, 프라이팬 살인마의 새로운 모습을 기다리는 유저들이 많을 터! 더군다나, 그녀가 건진 사진은 수백 마리의 샐로브들을 이끌고 협곡 사이를 달리던 프라이팬 살인마의 사진이다.

그녀는 서둘러 스크린 샷을 게재했다.

레벨을 확인한 민혁은 흡족한 미소를 지었다. 벌써 자그마치 200레벨에 근접하고 있었다.

민혁은 씨앗을 얻기 위해 동굴 밖의 몹들을 몰이해 왔다. 그렇게 동굴 안으로 몹들을 유인해 오면 트윈 헤드 오우거, 붉은 트롤, 와이번 등이 샐로브들을 사냥하는 방식!

트윈 헤드 오우거의 레벨은 300을 넘는다. 그래서 그 녀석 혼자서도 수십 마리를 상대했고, 다른 강한 몬스터들도 많았기에 수백 마리의 샐로브는 상대가 되지 않았다.

거기에 어그로만 끈 민혁도 사냥 기여도를 얻었기에, 10~20% 정도의 경험치를 먹고 빠른 레벨업을 한 셈. 더군다나, 몬스터를 먹일 때마다 얻는 경험치로도 레벨업이 가능하니, 폭렙은 당연한 것이었다.

그리고 바로 지금!

[구운 김을 획득합니다.]
[식신의 환상의 집밥 재료를 모두 모으셨습니다.]

"크!"

민혁은 감탄했다. 그리고 몬스터들을 먹이는 행위를 멈췄다. 이젠 자신이 먹을 때다!

민혁은 재료들을 이용해 요리를 준비했다.

먼저 된장찌개를 뚝배기에 끓이기 시작했다. 그러면서 시금치와 콩나물을 맛있게 무쳤다.

무침에 꼭 필요한 건, 간 마늘과 소금, 참기름과 깨다. 참기름은 무침의 밋밋한 맛을 고소하고 부드럽게 만들어주고 간마늘은 심심한 맛을 잡아준다. 그리고 소금은 짭조름하게 간을 더해주며 깨는 고소한 맛이 나게 해준다.

무침을 끝내자 어느덧 보글보글 끓는 된장찌개가 보인다.

수저를 가져갔다. 한 숟가락을 퍼서 후! 후! 하고 불어준 후에 맛을 본다.

"후릅! 캬! 이 적당히 구수하고 얼큰한 맛!"

민혁은 된장찌개가 조금 칼칼한 것을 좋아했다. 그리고 이된장찌개는 청국장과 된장을 반반 섞었기에 더욱더 구수한 맛도 났다.

그다음, 간고등어를 굽기 시작했다.

치이이이익!

간고등어는 자칫 잘못 구우면 큰일 날지도 모른다. 속살까지 잘 익히는 게 포인트. 그리고 겉 부분을 노릇노릇하게 익혀주면 금상첨화!

간고등어까지 끝낸 후에 민혁은 자신이 차린 밥상을 한 번 둘러봤다. 간고등어, 시금치무침, 콩나물무침, 아무것도 바르지 않고 그저 구운 김과 김에 찍어 먹을 간장 양념, 그리고 다른 뚝배기에 들어 있는 계란찜까지.

"캬!"

절로 감탄이 나온다.

그 상태에서 된장찌개 뚝배기의 뚜껑을 열었다.

쏴아아아아!

그러자 피어오르는 수증기. 맛있는 수증기, 그 자체다.

민혁은 먼저 된장찌개에 숟가락을 가져다 한번 맛봤다.

"크, 구수해, 아주 훌륭해."

절로 밥을 부르는 맛. 얼큰하면서도 구수한 된장찌개다.

된장찌개를 듬뿍 펐다. 두부와 애호박, 팽이버섯 등이 딸려왔다. 민혁은 밥 위에 가져온 후 국물 한 숟가락을 떠서 다시 밥 위에 뿌려줬다. 그리고 두부와 애호박을 숟가락으로 꾹꾹 눌러 으깬 후에 입에 가져다 한입 먹었다.

"우물우물, 좋아, 아주 좋아!"

행복한 미소를 지으며 우물거렸다.

다음으로는 잘 구워진 김에 밥을 얹고 반쪽으로 접는다. 그 상태에서 콕콕 간장 양념에 찍어서 먹는다. 바삭거리는 구운 김, 거기에 짭조름한 양념 맛! 절로 웃음이 감돈다.

그러다가, 한없이 부드러워 보이는 계란찜에 숟가락을 푹 집어넣는다. 노란 계란찜이 딸려온다.

후! 후! 하고 불어준 후에 입에 넣고 씹는다. 부드러운 계란찜에서 파가 씹힌다.

"와, 진짜 끝내주네?"

감탄을 남발하는 민혁은 이번엔 간고등어의 살점을 발라냈다. 따끈한 밥을 한 숟가락 푼다. 모락모락 피어오르는 김이 보였다.

그 따끈한 밥 위로 간고등어 살점을 올린다. 그다음 입에 넣고 한입!

"와구!"

짭짤한 간고등어의 맛에 밥맛이 더 좋게 느껴진다. 그다음 간장 고추냉이에 찍어서 또 한입.

"와, 밥도둑이다. 밥도둑!"

끝나지 않았다.

다시 한번 계란찜을 듬뿍 폈다. 밥 위로 가져와서 밥 위로 슥삭 슥삭 맛깔나게 비빈 후 가득 퍼서 입안에 넣었다. 조금 짭조름하게 된 계란찜과 밥알이 어우러져 즐거운 맛을 냈다.

식신의 집밥 세트 요리는 정말 맛있었다. 감탄이 나올 정도!

모두 먹어치운 민혁은 알림을 들을 수 있었다.

[식신의 요리를 드셨습니다.]
[레벨업 하셨습니다.]

민혁은 알림을 듣고 흡족하게 고개를 끄덕였다.

많은 레벨업 양은 아니었지만 사실상 이곳의 보상은 몬스터 알과 몬스터를 먹임으로써 얻는 경험치와 아이템에 주력된 것 같았다. 하지만 민혁은 그러한 것들보다 사실 식신의 요리가 최고였던 듯한 느낌이다.

그러던 중, 민혁은 뭔가 아쉬운 걸 느꼈다.

"아직, 좀 아쉽단 말이지."

뭔가 맛있는 게 더 필요했다.

주변을 둘러보자 잠을 자고 있는 크로니클이 보였다.

몬스터들에게 묻자, 크로니클은 본래 잠이 많다고 한다. 한 번 잠들면 일주일 동안 깨지 않을 때도 있다고.

그를 본 민혁은 살금살금 크로니클에게 다가갔다.

크로니클은 서서히 잠에서 깨어나고 있었다.

그는 몬스터들을 살리고자 하는 민혁을 흐뭇하게 바라보다 가 다시 잠이 들었다. 근래, 배고파서 그런지 잠이 더 많아졌 고 소음에도 깨지 않게 되었기 때문에 푹 잘 수 있었다.

조금씩 잠에서 깨어나는 크로니클의 귀에 어떤 소리가 들려 왔다.

"옳지, 옳지. 잘 익는다, 잘 익어⋯⋯! 와이번아 좀만 더 다가 가 봐."

'뭐가 익는다는 거지?'

잠결에 들으면서 그는 의아했다. 그리고 이어 무언가 익는 소리도 들린다.

치이이이익!

"크하핫, 불로 구운 핫바 너무 맛있다."

그 목소리는 소곤거리는 듯했지만 즐거움을 참지 못하는 듯싶었다.

"한 번만 더 구워 먹자. 그래그래, 안 깨게 조심조심……."

그러다 이어 크로니클이 완전히 잠에서 깨어났다.

잠에서 깬 크로니클은 볼 수 있었다. 꼬챙이에 핫바 다섯 개를 꽂아 넣은 민혁. 그가 와이번의 등에 탄 채 자신에게 쭉 팔을 뻗어서 자신의 몸의 불로 핫바를 굽고 있었다.

"……?"

"……."

"……?"

"……."

크로니클과 눈이 마주친 민혁. 그도 말이 없었고, 크로니클도 말이 없었다.

크로니클은 아무 생각도 들지 않았다. 머리가 하얀 백지장이 된 듯했다.

세상에! 자신은 고귀한 존재다. 이필립스 제국에선 피닉스 로드인 자신을 숭배하기까지 한다. 또한, 그는 과거 피닉스 오십여 마리를 휘하에 두고 부렸던 왕이다. 그런 자신의 몸에 붙은 불을 이용해 핫바를 구워 먹다니?

또 화가 나는 게 있었다. 그는 며칠 전에 밤낮으로 밭을 갈아서 빠르게 씨앗을 키우는 것을 보았다.

그때 느꼈다. 아, 참 고마운 인간이다! 몬스터들을 살리고 싶어서 저렇게 열심히 하는구나! 그렇게 생각하며 고마워하고 있었건만.

"난 자네가 전대 식신보다 나은 줄 알았더니, 아니었군."

죄인 민혁은 두 발자국 물러나, 벌서는 자세로 고개를 숙였다. 그러면서도 스리슬쩍 잘 구워진 핫바를 슬그머니 입으로 가져가려 했다.

"난!"

흠칫!

민혁이 꼬챙이를 멈췄다.

"자네가 몬스터들을 위해 밤낮 가리지 않고 열심히 한다는 것에 감동했어."

"……?"

민혁은 고개를 갸웃했다. 몬스터들을 위해서라니? 하지만 그 의문을 잇진 않았다.

"그런데 이렇게 음식이나 내 몸에 구워 먹으면서 한가로이 시간을 낭비하다니!"

"저……. 그…… 포만도 거의 다 채워서 잠깐 쉰 건데……."

그에 크로니클은 어이가 없었다.

자신의 부탁 기간은 2주! 그 2주도 본래 턱없이 부족하다. 혼자서 그 2주 동안 모든 걸 하는 건 말이 안 된다.

그런데 이 인간은 지금의 상황을 회피하기 위해 거짓말을 하는구나.

"정말 실망일세! 전의 식신 알렌보다 낫다는 건 취소야. 그렇게 거짓말로 지금의 상황을 회피하려고만 하다니!"

"진짜입니다!"

그에 크로니클은 콧방귀를 끼었다.

"진짜라고? 진짜라면 이제부터 내가 피닉스가 아닌, 닭이야. 닭!"

"근데, 진짜인데⋯⋯."

"아직도 반성의 기미가 안 보이는군. 내 저 알을 직접 확인해 보지."

알의 성장을 통해 현재 몬스터들을 얼마나 먹였는지 알 수 있다. 피닉스 로드 크로니클은 성난 기색으로 포만도가 여전히 50% 미만이면 가만두지 않겠다 생각했다.

'거짓말도 유분수지.'

그는 바로 몬스터 낙원의 중앙에 떠 있는 알을 확인해 봤다.

(몬스터 알)

등급: 전설

종류: 펫

설명: 포만도가 거의 채워져 엄청난 펫을 품은 알로 변화하게 되었다.

"……!"

크로니클은 눈을 끔뻑였다. 그러고는 알과 민혁을 다시 바라봤다.

"꼬꼬?"

소심하게 민혁은 크로니클이 넌지시 말했던 '이제부터 닭'을 암시했다.

크로니클은 방금 본 것을 착각으로 여기며 다시 한번 확인해 봤다.

설명: 포만도가 거의 다 채워져 엄청난 펫을 품은 알로 변화하게 되었다.

역시나 변하지 않았다.

그는 잠시 말이 없었다. 그때 다시 한번 민혁의 목소리가 들린다.

"꼬꼬댁……?"

크로니클은 말없이 주변을 둘러봤다. 이제야 주변의 상황이 눈에 들어오기 시작했다.

몬스터들이 이상하다. 트윈헤드 오우거가 오우거들을 이끌고 절벽을 캐고 있다.

퍼직!

퍼직!

"크르, 조금만 더 힘을 내라. 맛있는 걸 먹을 수 있다!"

"크르크르!"

그리고 오크들도 마찬가지였다.

"춰이이이익! 춰이이이익! 조금만 더 하면 맛있는 날고기를 먹을 수 있다, 춰이이익, 춰이이이이익!"

몬스터의 낙원의 모든 몬스터들이 열심히 일하고 있었다.

그들은 매우 피곤한 기색이 역력해 보였다. 하지만 민혁은 그때마다 채찍질을 가했다.

'후……. 이 정도 속도라면 포만도 100%를 채우지 못할 것 같아, 모두 미안해……. 열심히 했지만, 음식을 해줄 시간이 없어…….'

이 이야기를 들은 몬스터들은 밤낮으로 잠도 자지 않고 열심히 움직였다. 말 그대로 먹기 위해 일하는 자들이 된 것이다!

"……닭은 아닌 것 같네."

크로니클은 흠흠 하는 표정으로 말했다.

그에 민혁이 눈을 반짝였다.

"그럼 모른 척할 테니……."

민혁이 소곤거리며 꼬챙이를 들어서 강조했다.

그 말뜻을 이해한 크로니클. 그가 고개를 주억였다.

민혁은 슬쩍 주변을 살폈다. 그리고 꼬챙이로 다시 크로니클의 몸의 불을 이용해 핫바를 구웠다.

치이이이이익!

"……."

구워지는 핫바를 바라보며 그는 자신도 모르게 한숨을 뱉었다.

그리고 민혁은 그 핫바를 와구와구 맛있게 먹었다.

"크로니클 님의 불로 구운 핫바는 숯불 핫바 맛이 나요!"

"허, 허허……."

크로니클은 그저 웃었다.

[길드 마스터 지니: 금방 다녀올게~]

[길드 채팅 칸: 조심히 다녀와. 모르는 사람이 사탕 사준다고 따라가지 말고.]

[길드 마스터 지니: ㅗ 어랏? 실수로 압정을 떨어뜨렸네?]

칸이 피식하고 웃었다.

지니는 뛰어난 버프 요리를 보상으로 주는 요리사의 탑 전대 탑장인 보르토의 퀘스트를 진행하러 혼자 갔다.

본래 셋이 함께 어울리지만, 칸과 로크는 지금 레벨업을 해야 할 때였다. 랭커들의 격차는 생각보다 크지 않아서 하루만 사냥을 쉬어도 단숨에 랭킹 순위가 뒤바뀌는 게 아테네였다. 그들은 밀리지 않게 사냥을 쉬면 안 되었다.

그나마 지니의 경우 그 격차가 랭커들 사이에서도 꽤 있기에 혼자 퀘스트를 진행하러 가는 것이고.

"이제 슬슬 우리도 사냥 갈까?"

두 사람이 함께 몸을 일으켰다.

그들이 가는 사냥터는 오만한 자의 탑이다. 이 오만한 자의 탑은 클리어 시간이 꽤 오래 걸린다. 심지어 그 안에 들어가면 길드 채팅, 귓속말, 파티 채팅까지도 불가능해지는 곳. 하지만 묵묵히 광렙만 하기엔 최적의 사냥터였다.

그렇게 걷다가 칸은 피식하고 웃음이 났다.

"근데 만약에, 정말 만약에 있잖냐."

"뭐가?"

로크가 고개를 갸웃했다.

"민혁이가 지니를 만나면 알아볼까?"

그 말에 로크는 피식 웃었다.

"아니, 못 알아본다에 한 표."

"역시 그렇지?"

칸도 고개를 주억였다.

어렸을 적 매일 자신의 입으로 나는 100kg이라고 말했던 지니였으나, 현재는 50kg 미만이다.

그래서 가끔 자신들도 한 번씩 깜짝깜짝 놀란다. 학교에서 '맷돼지 장군'으로 불렸던 지니가 지금은 몰라보게 아름다워져 있으니까.

"나도 한 표."

칸이 말했다.

포만도 95%!

주변을 둘러보자 모든 몬스터들이 먹었다. 이제 남아 있는 몬스터는 단 한 마리! 바로 이곳의 왕인 크로니클이었다.

민혁은 그의 몸에 맛있는 핫바(?)를 구워 먹은 후로 곧바로 요리를 해주겠다고 했다. 하지만 크로니클은 자신의 경우 모든 몬스터가 먹은 후에 먹겠다고 했다.

민혁은 시스템 설정상, 보스 몹 같은 느낌이라는 걸 깨달았다. 본래 던전의 보스 몹은 잔 몹을 모두 잡아야 나오는 법!

그렇게 민혁은 모든 몬스터의 배를 채워준 후, 마지막으로 크로니클에게 요리를 해서 건넸다.

맛있는 우둔살 육회!

"내 입맛에 안 맞네."

노릇노릇 잘 구운 꽃등심!

"안 먹어!"

닭고기로 만든 찜닭!

"……자네, 어떻게 이 가여운 아이를 먹으라는 건가."

"정수기도 아니고 너무 깐깐하시군……."

"자네, 뭐라고?"

"아, 아닙니다……."

보스 몹답게 크로니클은 엄청난 편식쟁이였던 것이다!

심지어 크로니클은 지금 자신이 무엇이 먹고 싶은지도 모르겠다고 한다. 그에 민혁은 미치고 팔짝 뛸 노릇이었다. 이제 크로니클만 먹인다면 식신의 부하를 만날 수 있건만.

곰곰이 생각하다가 민혁은 아차 했다.

'그러고 보면 크로니클은…….'

새다. 아무리 피닉스 로드라고 할지라도 그는 새라는 것!

그 의미는 간단하다.

'새들은 보통 애벌레를 먹지?'

그들은 애벌레를 좋아한다는 거다.

민혁은 턱을 쓸었다. 이 안의 몬스터들이 먹을 수 있는 것은 오로지 샐로브의 땅에서 얻는 것이다.

민혁은 아테네 공식 홈페이지에 검색했다.

'샐로브의 땅. 애벌레.'

그러자 관련 검색어가 떴다.

"오……?"

[샐로브의 땅의 동굴 안쪽으로 들어가면 있는 애벌레 누에 인증 샷.]

cadad414: 오, 저기 머리카락 검고 도끼 찬 애가 누에임? 징그럽게 생겼네ㅋㅋㅋㅋㅋ 극혐!

벌레박사: 나다 이 ×새끼야!!!

cadad414: 헐……. 순간 너무 벌레 같이 생기셔서 누가 누에인지 구분 안 되었어요……. ㄷㄷㄷ ㅈㅅㅈㅅ 근데 정말 벌레 같이 생기셨네요……. ㅎㅎ 칭찬임.

gfasfdd84: 2222.

칼로만: 33333333.

kvueu2h4: 4444444.

콩이빠세!: 5555555.

루시맘마: 단합력보솤ㅋㅋㅋㅋ

민혁은 댓글러들의 단합력을 보며 작게 웃었다.

인증 샷에 보이는 누에들은 하얀 고치를 만들고 있었는데, 크기는 성인 남성 머리보다 조금 더 컸다.

누에는 한 번 실을 뽑아내면 쉬지 않는다. 약 1,500m 정도의 실을 뽑아 둥그렇고 빈틈없는 고치를 만드는데, 이 고치는 말 그대로 알의 껍데기와 같은 역할을 한다고 볼 수 있다.

그 안에서 고치는 누에나방이 되기의 성장 과정을 거친다. 그리고 저 누에가 뽑아내는 실이 바로 비단옷을 만드는 재료라는 거다. 그리고.

"누에라면……."

민혁은 한 가지 생각이 스치고 지나갔다. 어차피 한 번 먹여야 하는 것이라면 최대한 맛있게, 만족하게 먹이고 싶었다.

그는 드디어 힌트를 찾았다는 듯, 샐로브의 땅의 고치를 찾으러 빠르게 걸음을 옮겼다.

크로니클은 아직 자신의 배는 채우지 못했지만, 주변을 둘러봤다. 앙상했던 몬스터들이 살이 통통하게 차올랐다. 그리고 힘이 넘쳐흘렀다.

퍼짓!

"크르, 이 녀석 실신했다!"

"며칠 동안 밤낮으로 절벽을 캐더니…… 결국……."

분명 힘이 넘쳐흘렀다. 너무 무리하고 있을 뿐.

'나까지 먹는다면…….'

사실상 불가능했던 일.

그는 알을 바라봤다. 벌써 저 알에서 매우 강력한 힘이 느껴졌다. 자신과 견줄 만한 힘! 거기에 자신까지 먹는다면, 저 알은 한층 더 성장할 수 있을 것이다. 그리고 그는, 과거 식신이 입었던 갑옷까지 얻게 될 것이다.

하지만 힘든 일일 것이다. 크로니클, 그는 정말 깐깐한 입맛을 가진 자였다. 전대 식신 알렌도 자신을 만족시킨 적이 거의 없을 정도로! 한데, 지금의 미숙한 식신이 과연?

그런 생각을 하던 때, 밖으로 나갔던 민혁이 돌아왔다.

그는 주먹보다 조금 더 큰 촘촘하고 둥글게 하얀 실로 말린 정체 모를 것들을 깠다. 그리고 그 안에서 번데기가 나오기 시작했다.

"호오?"

크로니클은 흥미를 느꼈다. 그의 주식은 애벌레와 같은 것이었기 때문.

민혁은 등 뒤에 찬 프라이팬을 거대화시켰다. 그 상태에서 번데기들을 모조리 프라이팬에 넣고 끓이는 것 아닌가.

부글부글, 부글!

그러면서 다시마, 통마늘, 양파, 대파 등을 넣고 계속 끓였다. 그리고 소금으로 적당히 간을 맞춘 후, 물이 완전히 졸기를 기다렸다.

이윽고 거대한 프라이팬에 자신 몫을 따로 빼낸 후에, 민혁은 후후 웃으면서 크로니클의 앞에 가져다 놨다.

검은색 번데기들. 그 번데기들이 모락모락 김을 피우고 있었다.

그리고 민혁은······.

"번데기, 번데기, 번 번! 데기 데기, 번데기 일, 번데기 이, 번데기 삼!"

알 수 없는 말을 중얼거렸다.

민혁은 고소하고 짭조름해 보이는 번데기들을 만들고 흐뭇하게 웃었다. 그러면서 과연 크로니클. 당신이 이걸 맛보고도 맛없다고 할 수 있겠냐는 생각을 했다.

이는 말 그대로 번데기다.

예전에 민혁이 초·중학생 시절에 체육 대회 같은 걸 하면 꼭 외부 상인들이 트럭을 끌고 오곤 했는데, 그 트럭엔 이렇게 쓰여 있었다. '번데기 1,000원'이라고.

그럼 민혁은 친구들과 함께 가서 '아저씨 번데기 1,000원어치 주세요!' 하고 뜨끈한 종이컵에 담기는 그 번데기를 바라보며 흐뭇한 미소를 짓다가 종이컵과 이쑤시개가 함께 나오면 이쑤시개는 쓰지 않고 입으로 조금씩 털어 넣곤 했던 그러한 번데기! 즉, 추억의 음식을 뜻하지 않게 만들게 된 것! 그리고 누에가 누에나방이 되기 전의 번데기가 바로 그 번데기 재료였던 것이었다!

크로니클은 자신의 앞에 놓인 번데기를 자신의 부리로 툭툭 건드려봤다.

"음⋯⋯."

그러다가 부리를 벌려서 입안에 하나를 쏙 넣고 삼켰다.

'넣자마자 고소한 맛이 느껴질 것이다, 그리고 씹는다면 짭조름한 육즙 맛과 함께 더 고소하고 짙은 맛이 느껴질 거다.'

민혁은 이런 생각을 하며 크로니클을 바라봤다.

이어 꼴딱하고 넘긴 크로니클. 그가 곧 놀란 표정으로 민혁을 돌아봤다.

"마, 맛있군."

"후후후후……!"

그제야 민혁도 자신의 머리만 한 크기의 번데기를 통째로 들고 와구와구 먹기 시작했다.

추억의 맛!

곧이어 크로니클이 순식간에 모든 번데기를 먹어치웠다.

그리고…….

알림이 들렸다.

[피닉스 로드를 먹였습니다.]

[피닉스 로드가 맛있는 식사에 정말 만족합니다. 보상이 더 좋아집니다.]

[34,132,132골드를 획득합니다.]

[피닉스 로드의 깃털을 획득합니다.]

[레벨업 하셨습니다.]

[레벨업 하셨습니다.]

[레벨업…….]

끊임없이 들리는 레벨업 알림!

그는 포만도 95%까지 레벨 190을 달성한 상태였다. 그런데 방금 피닉스 로드를 먹고 한 레벨업이 자그마치 31렙이었다. 정말이지 말도 안 되는 레벨업 수치다.

이제 민혁의 레벨은 순식간에 221에 달했다. 바닷가로 가서 광어와 우럭도 먹을 수 있게 된 것이다.

그는 흐뭇하게 웃었다.

그러다 의아한 게 있었다. 템보다 먹을 게 더 좋은 그였지만 의아하게도 피닉스 로드의 경우 아티팩트를 드랍하지 않았다.

그를 설명하듯 크로니클이 말했다.

"부수적인 보상은 그분께서 주실 것이네."

그분! 식신의 부하!

크로니클은 민혁을 보며 작게 웃었다.

몬스터의 낙원의 모든 몬스터들이 배불리 먹었다! 그 과정에서 자신의 불로 핫바를 구워 먹는 만행을 저질렀지만, 민혁은 분명 고마운 이였다.

그리고 빼빼하게 말라 있던 크로니클의 몸에도 어느덧 살이 붙고, 그와 함께 몸의 불길이 거세졌다.

화르르르르르륵!

"끼에에에에에에에!"

피닉스 로드. 그가 포효를 터뜨렸다. 그러자 커다란 불길이 폭죽처럼 하늘을 향해 쏘아져 올라갔다.

이윽고 떨어져 내리는 그 화염 속에서 한 덩어리가 바닥에 꽂혔다. 그 순간.

화르르르르르륵!

그 안에서 정체 모를 남자가 화염을 비집고 뚜벅뚜벅 걸어 나왔다.

[화르르르르륵!]

뜨겁게 솟아오르는 화염에 특별 유저 관리팀이 침묵에 휩싸였다.

그 화염 안에서 뚜벅뚜벅 걸어 나오는 자! 그자의 머리카락은 붉은색이었다. 그리고 그가 차고 있는 갑옷은 드래곤의 뼈로 만든 플레이트 아머였다.

이젠 죽어버린 자였지만, 그는 신화 중 하나였다.

[민혁 유저가 7대 신화 중 하나인 발자르크와 만납니다.]
[민혁 유저가 명성 100을 획득합니다.]
[민혁 유저가 '신화를 범접한 자' 칭호를 획득합니다.]

"식신의 부하들은 세상을 흔들었던 영웅들……."

"그리고 그중 하나가 바로 테이밍 로드 발자르크죠."

이민화는 가슴이 쿵쿵 뛰는 것을 느꼈다.

대륙의 7대 신화 속 인물! 그들은 한때 어둠에 물들었던 대륙 전체를 구한 영웅들이었다.

당장 발자르크라는 인물만 놓고 보아도 그는 아테네라는 세계관에서 모든 테이머들의 우상이요, 왕이었다. 그의 신전 또한 세상에 존재하고 테이머들은 그들을 섬기고 있었다.

그때 문이 열리며 사람들이 우르르 들어왔다. 개발팀 이석훈 팀장을 비롯한 고객센터의 몇몇 인원들까지.

심지어 그 끝엔…… 사장 강태훈도 있었다.

"사장님."

"신경 쓰지 말고 계속 모니터하지."

사장 강태훈! 현 아테네를 있게 한 일등 공신! 사실상 아테네의 세계관의 많은 것에 관여한 것이 바로 그였다.

그런 강태훈이 헛웃음을 흘렸다.

"저 유저가 개발팀과 특별 유저 관리팀을 힘들게 하는 민혁이란 유저인가?"

"그렇습니다."

강태훈은 눈을 좁혔다. 그리고 모니터를 보며 감탄했다.

"대단하군……."

"예?"

박 팀장이 고개를 갸웃했다.

"지금 몬스터 낙원의 모든 몬스터들을 먹인 건가……? 도대체 어떻게……."

"몬스터들을 먹을 거로 꼬셨습니다."

"……음?"

"한 번 먹인 후에, 그 맛에 감탄한 몬스터들에게 또 한 번 요리를 해주겠다고 했습니다. 대신에 자신을 도와 농사를 지어달라고."

"……머리가 좋군?"

사장 강태훈은 피식 웃었다.

이래서 아테네 유저들은 재밌다. 전혀 예상하지 못한 방식으로 게임을 풀어나가고 있었으니까.

"마지막에 먹일 수 있는 피닉스 로드까지 먹이면 전설 아티팩트를 얻는다, 근데 저 유저는 이미 가지고 있으니까. 두 번째 인가? 얼마나 흥분되고 기쁠까."

사장 강태훈은 손에 땀이 맺힐 것만 같았다.

모두가 동경하는 최고의 아티팩트. 전설!

한데, 그 말을 듣고 박 팀장과 이만화 등 특별 유저 관리팀 인원들은 말이 없었다.

"……."

"……."

"왜 그러나?"

"그…… 저희가 보고서 올린 거 보시지 않았습니까?"

"봤지."

민혁 유저의 게임 플레이 방식! 그에 대해서 특별 유저 관리팀은 보고를 올렸다.

"아무리 그래도 전설 아티팩트인데……. 그것보다 먹을 게 중요하려고."

사장 강태훈이 말했다.

그에 박 팀장과 이민화, 두 사람은 말문을 잃었다.

곧이어 모니터 속 안의 발자르크가 그에게 뭔가를 내밀었다.

'프라이팬이 아닌, 진짜 전설다운 아티팩트!'

박 팀장은 그런 생각을 했다.

그가 내민 것은 바로 갑옷이었다. 과거 식신이 착용했던 갑옷! 겉보기에는 다소 형편없어 보이는 갑옷이었다. 엉성한 동물의 뼈로 만든 듯한 갑옷의 모양새였으니까. 하지만 저 뼈가 바로 블랙 드래곤의 뼈였다.

"갑옷 정보 좀 띄워봐."

곧이어 갑옷 정보가 오픈됐다.

(불멸의 갑옷)

등급: 전설

제한: 식신

내구도: 30,000/30,000

방어력: 1,148

특수 능력:

- 모든 스텟+12%
- 마법 방어력+50
- 하루에 한 번 HP, MP 100% 회복 가능
- 패시브 스킬 물리 대미지 반사

설명: 엄청난 방어력을 자랑하는 불멸의 갑옷. 황금 망치라 불리는 전설의 드워프가 제작했으며 재료로는 블랙 드래곤의 뼈, 켈베로스의 숨결 등을 이용해 제작되었다.

"크……."

"와……."

"헐……. 진짜 짱이다……!"

확인한 이들이 모두 경악하며 숨을 토해냈다.

이어 박 팀장은 마우스를 딸깍거리며 패시브 스킬 물리 대미지 반사를 확인했다.

(물리 대미지 반사)

아티팩트 스킬

레벨: 없음

소요 마력: 50 / 쿨타임: 없음

효과:

• 물리 대미지를 받았을 시 10~30% 확률로 돌려준다. 또한, 돌려준 물리 대미지는 두 배가 된다. 스킬 발동 시 사용자는 피해를 입지 않는다.

"와⋯⋯. 열대 중 한두 대는 튕겨 나간다는 거잖아?"

"심지어 두 배로 공격력 돌려주네?"

아티팩트에 붙어 있다고는 믿기지 않을 스킬.

심지어 더 놀라운 건 그뿐만이 아니었다. 바로 방어력이다.

"방어력이 1,148⋯⋯."

민혁이 현재 가지고 있는 프라이팬의 방어력은 800. 이는 프라이팬으로 막아냈을 시의 방어력이다.

갑옷의 경우 머리를 제외하고 모든 부분을 보호한다. 그렇기에 모든 부분이 1,148의 방어력을 가지게 되는 셈이다.

그리고 불멸의 갑옷이라 붙은 핵심적인 이유!

"하루에 한 번 HP, MP 100% 회복⋯⋯."

지금까지 이러한 아티팩트 능력은 국내에서 단 한 번도 나타나지 않았다! 그렇다고 할 정도로 대단하다 할 수 있었다.

그들이 그런 감탄을 흘리고 있을 때. 강태훈이 고개를 갸웃했다.

"왜 민혁 유저는 아이템 정보 확인을 안 하지?"

그에 이민화는 머뭇거리며 박 팀장을 바라봤다.

박 팀장이 헛웃음을 지으며 말했다.

"별로 관심 없으니까요."

민혁은 설레고 기대되었다.

신의 요리! 다섯 가지 중 하나를 가지고 있거나 재료가 있는 위치를 아는 존재.

민혁은 발자르크를 보았을 때 사실 무덤덤했다. 단지, 명성 100을 얻었다는 것에 조금 놀랐을 뿐.

그리고 붉은 머리카락에 상당한 미남자인 발자르크는 민혁에게 다가와 갑옷을 건넸다.

[불멸의 갑옷을 획득합니다.]

"크로니클까지 배불리 먹여주다니. 고맙군."

발자르크는 빙긋 웃었다. 그러면서 놀라워했다.

'세상에 진짜 식신을 이을 자가 나타날 줄이야.'

식신과 절친했던 그! 그는 식신을 옆에서 실제로 보았던 자다. 그는 매우 좋은 자였지만 한 가지 걸렸다.

'진짜 먹을 것에 미친놈이었지!'

한데, 그러한 식신을 잇는다? 그래도 그놈보다는 조금 낫겠지.

하지만 민혁은 설레는 마음으로 말했다.

"발자르크 님께서 신의 요리에 대해서 알고 계시나요?"

"아, 물론 알고 있지. 내게 그 녀석이 맡기고 갔거든. 근데 자네, 그 갑옷 확인 안 해보나?"

"나중에 하면 되죠! 그게 중요한가요? 먹을 게 중요하지."

"음?"

발자르크는 순간 고개를 갸웃했다.

엄청난 힘을 품고 있는 불멸의 갑옷! 그걸 코앞에 두고 나중에 확인하다니? 그리고 먹을 게 더 중요하다니?

이어 기대감 가득한 표정의 민혁이 말했다.

"신의 요리를 가지고 있으시다니. 발자르크 님은 그러고 보니 생긴 게 정말 잘생겼네요? 와, 붉은 머리카락이 마치 초사이언 같아요. 오, 그러고 보니 그 갑옷, 뼈로 만든 것 같은데, 고아 먹으면 맛있…… 아니, 아니, 정말 단단해 보이네요!"

"……."

발자르크는 당혹할 수밖에 없었다.

'뭘 고아 먹어?'

그는 당황한 표정을 지었다.

'뭐야, 이 알렌보다 더한 자식은!'

민혁은 어서 빨리 먹을 거를 내놔. 내놓지 않으면 테이밍 로드든 뭐든 가만두지 않겠어라는 표정이었다.

하지만 발자르크는 고개를 저었다.

"순서가 있는 법이지."

"……원래 순서는 깨야 맛이죠!"

"그렇게 시끄럽게 굴면 안 줄걸세."

민혁은 그 말 한마디를 듣고 쥐죽은 듯 조용해졌다. 평생 한마디도 안 할 자신이 있다는 듯.

그 모습에 발자르크는 순간 그가 퍽 귀여운 자라는 생각이 들었다.

"대단하군. 어떻게 한 건진 모르겠지만……"

사아아-

그가 손을 휘젓는 순간 먼 곳에 있던 몬스터 알이 두둥실 딸려왔다.

"확인해 봤나?"

"아니요."

"확인해 보지."

"넵!"

민혁은 그의 말을 잘 들었다.

(몬스터 알)

등급: ???

종류: 펫

설명: 포만도가 100%가 되었다. ???로 변한 이유는 발자르크에게서 확인할 수 있다.

"아간 전설이었는데 이젠 물음표가 세 개네요?"

"이젠 자네가 선택할 수 있거든."

"네?"

선택할 수 있다. 그 말의 의미를 잠시 민혁은 이해하지 못했다.

"자넬, 다른 몬스터의 낙원으로 보내주도록 하지. 그곳엔 진귀하고 강력한 몬스터들이 아주 많아. 하루 동안 그들을 꼼꼼히 지켜보고 그중 하나를 선택하여 알에 담을 수 있어."

"오, 마치 푸드 코트 같아요. 원하는 먹거릴 선택하는……."

순간 발자르크는 정말 이 자식 뭐지? 라는 표정을 지었다.

이 엄청난 기회를 고작 그런 것에 비교하다니. 몬스터를 선택할 수 있다는 것은 다른 자들이 들으면 '아이고 감사합니다' 라고 하면서 환호했을 것이다.

그런데, 이자는? 오로지 펫을 잡아먹을 생각뿐인 것 같다. 세상에 펫을 잡아먹는 놈이라니!

"안타깝게도 펫은 먹을 수 없네."

"……어째서죠?"

"펫은 자네를 돕고 힘을 주는 존재니까."

"……"

민혁은 다소 실망했다.

그의 레벨에 대비해 아직 더 레벨 높고 강력한 몬스터들을 먹을 수 없는 게 사실이다.

드래곤 고기는 어떤 맛일까? 바닷가의 최강의 몬스터라는 크라켄의 왕은? 이처럼 민혁은 그것들의 맛이 궁금했다.

하지만 아쉽게도 펫은 먹을 수 없다.

"일단은 몬스터 한 마리를 선택해서 돌아오도록 하지, 그때 비로소 자네에게 그 친구가 내게 남긴 신의 요리를 주도록 하지."

"혹시 그 요리가 무엇인지 여쭈어도 될까요?"

"족발 세트일세."

"……!"

그 말에 민혁은 헉하는 표정을 지을 수밖에 없었다.

족발이라? 어떤 존재던가.

입에 넣자마자 쫄깃쫄깃하고 담백한 맛이 나는 녀석이다. 또 상추 위로 얇게 썬 족발 고기, 조금 매운 고추를 얹고 쌈장을 마늘에 푹 바른 후에 올리고 그 위로 아삭아삭한 김치나, 무말랭이를 얹으면 정말 맛있는 녀석.

거기에 함께 딸려오는 동치미는 입안 가득 시원한 맛을 더해준다. 그리고 쟁반국수는 짜장면에 탕수육과 같은 녀석!

"그냥 족발이라고 생각하지 말게."

발자르크는 요리 이야기를 듣자마자 전율하여 부들부들 떠는 그를 보며 말했다.

"자네, 황금의 돼지라고 알고 있나?"

"아니요."

"전설 속에 존재하는 이 황금의 돼지는 누군가 죽이지 않으면 죽지 않는 불멸의 삶을 산다네. 그리고 이 황금의 돼지를 식신 알렌은 자네를 위해 반년간 찾아다녔지. 그리고 찾아냈을 때, 자신이 직접 요리하였다네. 그는 족발을 더 맛있게 익히기 위해, 발칸의 용암을 이용해 족발을 익히기까지 했지."

"용암이요?"

"녹지 않는 아티팩트를 이용해, 그 용암으로 삶은 거지."

"와……."

민혁은 감탄했다.

엄마의 정성처럼 노력을 가한 식신님! 그분의 노고에 감사한다. 그리고 그 맛에 기대한다.

"어서 빨리 보내주세요!"

민혁은 서둘러 알을 선택해야 신의 요리 첫 번째를 먹는다는 생각에 말했다.

"알겠네. 참. 그곳엔 많은 몬스터들이 있지만, 그들이 가진 힘을 확인하는 횟수는 단 두 번뿐. 아무리 강력한 몬스터라고 할지라도 병들거나, 나이가 들었으면 이야기가 다를지도 모르지. 신중히 선택하게."

곧이어 민혁이 빛에 휩싸였다.

눈의 부심이 사라졌을 때, 그는 슬며시 눈을 떴다. 그와 함께 알림이 울렸다.

[전설 속의 '모든 몬스터의 낙원'에 입장하셨습니다.]

[전설에 발을 들인 35번째 유저입니다.]

[입장 시간은 24시간입니다.]

[전설 던전 찾은 횟수: 2회.]

[명성이 50 상승합니다.]

[발자르크에 의해 임시적으로 소환되었기 때문에 전설, 신화 몬스터를 봤을 시의 보상을 받지 않습니다.]

[경험치 획득률, 아이템 드랍률 보상을 받지 않습니다.]

5장

너로 정했닷!

민혁은 두 번째로 전설에 발을 들였다.

　히든 던전 혹은 히든 필드. 또는 새로운 도시나 마을, 그 외의 개척, 또는 이처럼 전설이 이름 붙인 곳을 찾을 시 당연히 보상을 받는다.

　하지만 이곳의 경우 발자르크가 일시적으로 몬스터를 선택하기 위해 보낸 곳이기 때문에 명성 50 보상이 끝인 것 같았다. 하지만 명성 50도 레벨 100 유저들이 보유한 평균 수치이니, 꽤 대단한 혜택이라고 볼 수 있다.

　민혁은 주변을 둘러봤다.

　"오. 맛있게 생긴 애들이 참 많네."

　민혁은 감탄사를 흘렸다.

　허공에 둥둥 떠다니는 몬스터는 거대한 아귀였다.

민혁은 입술을 혀로 핥았다. 매콤한 아귀찜! 항상 식당에 가서 주문하면 이 말부터 나온다.

'내가 아귀를 먹는 거야, 콩나물을 먹는 거야?'

그 정도로 아귀찜을 시키면 콩나물의 비율이 높다.

하지만 비싼 값을 주고 분명히 먹을 만한 가치가 있다. 오동통 살이 오른 아귀는 마치 닭고기를 먹는 것 같이 살이 가득차 있다. 매콤한 양념과 아삭아삭 콩나물, 아귀찜을 함께 입에 넣고 씹으면 감탄사가 절로 나오지 않던가.

민혁은 거대한 아귀가 어떤 몬스터인지 알 수 없었다. 그동안 맛있는 걸 먹기 위해 많은 몬스터의 정보를 연구하고 습득했지만, 그럼에도 저 몬스터에 대한 정보가 없었다. 즉, 발견되지 않은 몬스터라는 소리.

그는 선택할까 하다 고개를 저었다.

'확인할 수 있는 건 딱 두 번!'

주변을 둘러보니 처음 보는 몬스터들이 많았다. 모두 미발견 몬스터들이라는 의미다. 그리고 그 외에 평범한 몬스터들이나 동물들부터 시작해 에픽, 혹은 전설급으로 보이는 녀석들도 있었다.

민혁은 자신의 펫을 찾아 움직였다.

귀뚜라미 우는 소리 가득하고 달이 뜬 밤.

"허억, 허억."

"하아, 하아."

거친 숨소리가 흘렀다.

뒤를 돌아보는 유저 루트. 그는 안도의 한숨을 쉬었다.

'이 정도면 충분히 따돌린 것 같다, 휴……!'

루트는 꽤 고레벨의 유저였다. 레벨 365의 최상위권은 아니지만 나름 상위권에 발은 걸치고 있다고 할 수 있는 유저.

그리고 그는 궁사였다. 활을 등 뒤에 차고 있던 루트는 옆에 있는 남성을 돌아보며 말했다.

"전하, 일단은 따돌린 것 같습니다."

그가 서둘러 고개를 숙이며 말했다.

그에 전하라고 불린 남성, 북부 대륙의 발키리 왕국의 왕 발렌은 고개를 끄덕였다.

북부 대륙, 그곳은 득실거리는 몬스터들에 의해 아직 개척되지 않은 미개척지다. 또한, 이필립스 제국과 콜로디스 제국 사이에 위치해 있는데, 현재 두 제국은 북부 대륙을 개척하기 위해 부단한 노력 중이었다.

그러나 놀랍게도 북부 대륙에 왕국이 존재했는데, 그 왕국이 바로 발키리 왕국이다. 발키리 왕국은 신 쥬이스에게 축복을 받아 몬스터들로부터 보호받았다. 그 때문에 몬스터들이 득실거리는 곳에서도 굳건할 수 있었다.

하지만 얼마 전, 발키리 왕국의 병사들은 바깥 순찰 중에 우연히 이필립스 제국의 토벌대와 마주치게 된다.

그에 검의 대제 엘레는 북부 대륙에 숨겨진 왕국이 존재한다는 사실에 놀라워했고, 발렌은 자신의 왕국이 신 쥬이스에게 보호를 받고 있다 하더라도 언젠간 무너질 거라 생각했다. 그에 이필립스 제국과 손을 잡기로 결정하고 그들의 병력과 함께 나섰다.

그리고 막 이필립스 제국 국경에 들어선 순간, 갑작스럽게 벌어진 습격! 그에 왕인 발렌과 왕국 궁사단의 일원이자 유저인 루트만이 살아남게 된 셈이다.

'아, × 됐다.'

루트는 얼굴을 찌푸렸다. 당장 따돌렸다고는 해도 놈들은 계속 포위망을 좁혀올 것이다.

"목이 마르구나."

"여기 물이 있습니다. 전하."

발렌에게 물병을 건넨 그는 한숨을 푹 쉬었다.

'빌어먹을, 다른 제국 유저들이 퀘스트를 받은 게 분명해!'

아마도 이필립스 제국과 적국인 콜로디스 제국의 유저들이 받았겠지. 갑자기 습격한 무리 중에는 다수의 유저들이 껴 있었다. 아마도 이필립스 제국과 발키리 왕국이 손을 잡기를 원치 않겠지. 그리고 발렌은 생포될 것이다.

발렌 왕은 북부 대륙의 지리에 능통한 자! 또한, 발키리 왕국의 정확한 위치는 알려지지 않았다. 때문에 미리 생포하여 그를 통해 다양한 것을 공략하고 보상을 받으려고 했으리라.

루트는 퀘스트창을 확인했다.

[왕국 퀘스트: 발키리 왕국의 왕 발렌을 이필립스 제국군과 만나기로 했던 곳으로 데려가라!]

등급: S

제한: 발렌과의 친밀도

보상: 준남작 작위, 영토, 발렌의 보물 창고 1회 이용

실패 시 페널티: 발키리 왕국과의 친밀도 하락, 더 이상 북부 대륙에 발을 들일 수 없음

설명: 발렌 왕과 함께 도망치고 있는 당신, 그를 데리고 무사히 이필립스 제국군과 만나라! 그렇게 된다면 발렌 왕과의 높은 친밀도를 쌓을 수 있으리라!

퀘스트 진행 시: 유저 PK시 반카오, 혹은 카오가 되지 않음

본래 퀘스트는 이게 아니었다. 원래 일반적인 퀘스트로 왕과의 동행이었고 보상도 꽤 많은 경험치 습득과 골드였다.

한데, 퀘스트가 변하며 보상이 막대해졌다.

'귀족 작위! 영토!'

정말이지 눈이 번쩍 뜨일 만한 것이었다.

작은 마을 하나라도 가지고 있으면 걷어 들이는 세금이 장

난이 아니다. 또한, 준남작이라도 꽤 풍족한 지원이 이어진다.

특히나 왕과의 친밀도에 진귀한 북부 대륙의 보물들이 숨겨져 있다는 발렌의 보물 창고를 이용할 수 있다니! 심지어 북부 대륙은 아직 개척되지 않아 그 마을이나, 영지 자체가 엄청난 값어치를 가진다는 거다.

하지만 그는 입술을 깨물었다. 이번 퀘스트는 특별하게도 '퀘스트 진행 시'라는 항목이 존재했다.

그 항목에 있는 건 바로 '유저 PK 시 반카오, 혹은 카오가 되지 않음'. 즉, 서로 죽이거나 공격해도 평소 받던 페널티가 없다는 거다. 그리고 그 의미는 무수히 많은 유저들의 공격이 예상된다는 뜻이다.

'이걸 나 혼자 어떻게 해……!'

그는 한숨을 쉬었다.

현실에 변변찮은 친구 하나 없는 루트는 흔히 말하는 게임 폐인이다. 길드도 들지 않고 솔플을 즐겼다.

그렇다고 이 중한 정보를 공식 홈페이지에 풀고 '나 도와줄 분 없나요?' 할 수는 없지 않은가!

그렇게 되면 보상이 너무 나눠진다. 아니, 어쩌면 자신을 죽여 빼앗으려는 놈들이 있을지도 모른다.

'그래도 한두 명하고만 공유하면…… 어디 강자들 없나?'

그런 생각을 할 때.

"루트."

"예, 전하!"

"곧 당도하는 마을이 어디라고 했지?"

"라밴이라는 요리사의 마을입니다."

"요리사의 마을이라……."

쓴웃음을 짓는 발렌.

"그곳에서 이방인 몇을 추리도록 하지."

"이방인 말입니까? 차라리 마을 자경단의 도움을 받는 건……."

"이런 변방에서의 자경단들이 무슨 힘이 있겠나, 오히려 소란스러워질 거야. 반대로 이방인들은 강해도 다루기 쉽지 않나?"

"……그렇긴 하죠."

맞다. 다루기 쉽다. '이거 왕국 퀘다!'라고 하면, '저요! 저요! 저요!' 할 놈들이 지천에 깔렸다. 그 정도로 왕국 퀘는 쉽사리 얻지 못할 노다지 같은 퀘스트다. 심지어 왕의 목숨이 달렸다면 더더욱.

"이 검을 자네에게 잠시 하사하도록 하지."

"예, 전하!"

루트는 그가 정말 급박하다는 걸 느꼈다.

이 검은 작위식에 사용하는 검. 그리고 다르게는 왕이 가진단 하나의 명검이다.

루트가 알기로 이 검은 유저들의 '명성' 수치를 확인할 수 있다. 명성 수치가 높은 유저는 곧 고렙 랭커이기 때문이다.

"라밴에 가면 마차를 구하겠습니다. 그리고 전하께선 누추하지만 잠시 여관에 머물러 주십시오. 그럼 제가 실력 있는 이방인을 최소화하여 물색하도록 하겠습니다."

"그래."

발렌이 고개를 끄덕이고 두 사람은 라밴 마을을 향해 발걸음을 재촉했다.

민혁은 몬스터들을 살폈다.

이곳도 본래 있던 몬스터의 낙원처럼 몬스터들이 한데 어울려 살고 있었다. 그 급이 높을 뿐이다.

그중, 민혁은 먼저 한 마리의 몬스터를 추렸다. 그 존재는 크르릉거리는 울음소리를 흘리며 몸을 웅크리고 있었는데, 척 보기에도 어떤 몬스터인지 알 수 있었다.

'헤츨링!'

다 자라지 않은 지상 최대의 존재 드래곤!

민혁은 드래곤을 펫으로 두면 맛있는 걸 먹기 수월해지지 않을까 생각했다. 녀석들은 강하니, 머나먼 곳에 있을 맛있는 걸 먹기 위한 여정에 도움이 될 것이었다.

(헤츨링)

등급: 전설

종류: 펫

진화 불가

공격력: 3,135

방어력: 3,367

특수 능력:

•모든 스텟+20%

•불속성 저항력+80%

•스킬 헤츨링의 브레스

•불속성 마법 4클래스까지 사용 가능

잠재력: 없음

종류가 펫이라고 되어 있다.

몬스터를 부릴 때의 경우 보통 공격력과 방어력 등이 표시된다. 하지만 펫은 그렇지 않다. 또한, 펫은 거대한 크기여도 소환하면 작게 변화하는 경우가 대다수다.

그리고 기억하기로 펫에게 있어서 잠재력은 매우 중요하다고 들었다. 잠재력 수치가 높을수록 계속 성장하며 능력을 하나하나 개방하고 레벨도 올라간다. 하지만 헤츨링의 경우 이미 완전한 성장을 이루어 더 이상 진화 자체가 불가능했다.

물론 그렇다고 무시할 수 없다. 공격력과 방어력이 압도적으로 높다. 거기에 스킬 헤츨링의 브레스는 엄청난 대미지로 적들을 녹여낼 테고 불속성 마법 4클래스까지 사용 할 수 있다면 정말 대단한 힘을 발한다. 또, 주인 버프 효과도 있지 않은가?

하지만 민혁의 생각은 한결같았다.

"먹어보고 싶다."

흠칫!

잠을 자던 헤츨링이 슬그머니 고개를 들었다. 그러다가 콧김을 뿜어내며 민혁을 노려봤다.

민혁은 '흠……' 하는 표정을 지으며 다른 곳으로 걸음을 옮겼다.

이제 남은 기회는 단 한 번. 민혁은 몬스터들을 계속 주시했다. 주시하는 것이 곧 놈들에 대해서 아는 방법이니까.

그러던 중 민혁은 한 동물을 발견했다.

"돼지?"

말 그대로 돼지다. 주먹 하나만큼이나 작은 아기 돼지!

색깔이 뽀얀 하얀 돼지는 코를 킁킁거리다가 뭔가를 주워 먹었다. 그러고는 행복하게 웃으며 무릎을 굽혔다 폈다를 반복해 리듬을 탔다.

"꿀꿀!"

마치 맛있는 게 최고야, 꿀! 같았다.

민혁은 이상했다.

"뭐지? 왜 보는데 흐뭇하지?"

이상하다. 돼지를 보는데 흐뭇하다.

문득 부드럽게 웃다가…….

"뭐야……. 나 아빠 미소 지었어…… 헉!"

자신이 돼지에게 동질감을 느낀다? 그는 부정하고 또 부정했다.

"난 이제 뚱뚱이 아니라 통통인데? 왜 동질감을 느꼈지?"

170kg에서 160kg대가 됐기에 이제 자신은 통통 반열이라고 믿는 민혁! 그는 미련 없이 고개를 돌렸다.

빠르게 다시 움직였다.

그러다 그는 배가 고파 '흐흐' 하고 먹을 걸 꺼냈다. 바로 케첩과 마요네즈가 적당히 발린 핫도그였다.

"맛있겠다!"

바삭바삭한 빵에, 그 속에 숨어 있는 소시지, 그리고 달콤한 케요네즈의 조합! 민혁은 입을 벌려 크게 와아아앙 하고 베어 물려 했다.

그 순간.

"꾸울?"

"……?"

민혁은 고개를 갸웃했다.

그는 시간제한 때문에 빠르게 이동해야겠다는 생각에 엘레의 검술까지 사용해 속도를 높여 몬스터를 찾고 있었다. 심지어 한 번씩 스텝을 사용해 거리까지 좁혔다.

그런데 정말 순식간이었다. 먼 거리를, 어느덧 나타난 돼지가 똘망똘망한 눈으로 자신을 올려다보고 있었다.

"꾸우우울······?"

그리고 측은한 눈망울로 바라보며 눈을 끔뻑인다. 마치 그것은. 한 입만 주면 안 되나요. 꿀······ 같았다.

그에 민혁은 웃었다.

"······간사한 돼지! 난 그렇다고 먹을 걸 주지 않아!"

돼지는 몰랐다. 민혁은 그런 귀여움 따위에 먹을 걸 주는 사람이 아니다.

곧 돼지가 시무룩해져 고개를 푹 숙였다. 그리고 그렁그렁한 눈망울로 시무룩한 목소리를 낸다.

"꾸우우울······."

순간 민혁의 마음이 흔들렸다. 배고픈 자의 마음을 누구보다 잘 알기에!

하지만 곧 그는 웃었다.

"와, 세상에 천하의 돼지 강민혁을 아기 돼지가 낚으려고 하다닛!"

그는 결국 스스로가 돼지임을 인정했다.

"안 줘!"

그러면서 야무지게 핫도그를 베어 물었다.

그 순간, 조금 전까지 우는 듯했던 돼지가 몸을 일으켰다. 그러더니 그 초롱초롱한 눈망울이 사라졌다. 민혁을 한 번 노려봐 주고는 목뼈를 풀 듯 한 번 까딱거렸다.

그 표정은 이러했다.

'요거 안 먹히네, 꿀?'

"……."

민혁은 어이가 없었다.

'지, 지금 연기한 거였어?'

민혁은 살다 살다 이런 존재는 처음 봤다. 마치 먹을 것을 위해서 뭐든 하는 존재 같지 않은가? 세상에 먹을 걸 얻으려고 사기 행각을 벌이다니? 먹을 것 하나 때문에 이런 영악한 행위를 하는 이는 처음(?) 접해보는 민혁이었다.

그리고 심각한 표정으로 민혁을 바라보던 돼지. 그 돼지가 뭔가 생각난 듯 민혁의 다리 밑으로 와서 머리로 다리를 툭 하고 쳤다.

"꿀꿀!"

따라오라는 신호 같았다.

쿨내를 풍기며 몸을 돌리는 아기 돼지. 황당했지만 민혁은 일단 녀석을 쫓아가 봤다. 녀석의 표정이 자신감에 가득 차 있었기 때문이었다.

녀석은 곧 코를 킁킁거리며 계속해서 이동했다.

'냄새?'

돼지도 냄새를 잘 맡던가? 작은 의문을 품었다.

돼지는 풀 앞에서 멈췄다. 그리고 그 풀을 머리로 툭툭 건드렸다.

"확인해 보라고?"

민혁은 자신이 왜 이 정체 모를 돼지를 따라왔는지는 모르겠지만, 일단 그 정체 모를 풀을 확인해 봤다.

(다섯 잎의 바르베 풀)

재료 등급: B

특수 능력:

- 마법 방어력+1
- 마법 공격력+1

설명: 바르베 풀은 시금치 맛이 난다. 무쳐 먹으면 맛이 좋으며 생김새는 사실 네잎클로버와 흡사하다. 그렇지만 이 다섯 잎의 바르베 풀은 수백 개중 하나만 자라는 조금 특별한 바르베 풀이다.

"……어?"

민혁은 놀랐다.

분명 자신은 이 풀을 수확했었다. 하지만 중급 농사의 영향으로 '특별한' 것을 채집했다는 알림은 들리지 않았다.

그 의미는 간단하게 유추할 수 있다. 애초에 이 바르베 풀은 중급 농사 때문에 얻은 게 아니다. 정말 다섯 잎의 바르베 풀인 셈.

곧이어 돼지가 꿀! 하는 소리를 냈다. 바르베 풀과 핫도그를 교환하자는 모습이었다.

'아니, 아직. 실험해 봐야 해.'

민혁은 이 돼지가 생각보다 더 특별하다는 걸 눈치챘다.

그래도 주지 않자 돼지는 꿀꿀꿀거리며 다시 어딘가로 빠르게 움직였다. 그러다가 홱 하고 민혁을 돌아봤다.

째릿!

마치 이 녀석 정말 만만치 않군, 더 좋은 걸 찾아주지 같았다.

돼지는 민혁을 다른 곳으로 안내했다. 그곳엔 아주 탐스러워 보이는 열매가 있었다.

"꿀꿀!"

돼지는 열매를 가리켰다.

민혁은 이번에도 확인해 봤다.

(헤츨링의 사과)

명약

특수 능력:

• 지혜+50

설명: 헤츨링의 몸에서 뿜어져 나오는 마력을 흡수하고 자라난 정말이지 맛있는 사과이다.

"……!"

민혁은 경악했다.

그리고 돼지는 씨이익 하고 웃었다.

돼지가 저토록 웃자 민혁은 놀랄 수밖에 없었다.

'설마?'

민혁은 돼지를 보며 드는 생각이 있었다.

'명약과 같은 걸 찾아내는 능력이 있는 건가?'

이곳엔 다양한 몬스터 종이 존재하며 다양한 등급이다. 심지어 이제까지 보지 못한 희귀한 녀석들도 있었다. 그 때문에 민혁의 경우 그 가능성을 생각할 수밖에 없었다.

헤츨링의 사과를 똑 딴 민혁은 단숨에 먹어치웠다.

아삭아삭!

헤츨링의 사과는 정말이지 맛있었다. 이러한 사과는 샐러드를 해 먹는 것보다는 그냥 먹는 게 좋은 민혁이었고 더 맛있다고 느꼈기에 그는 굳이 요리를 해 먹지 않았다.

[헤츨링의 사과를 드셨습니다.]

[지혜 50을 획득합니다.]

민혁은 고개를 끄덕였다.

사과의 맛을 음미하고 있을 때 누군가 툭 쳤다.

"꿀?"

뭔가 잊은 것 없냐는 듯한 돼지의 뚱한 표정. 민혁은 그에 핫도그를 조금 잘라 녀석에게 건넸다.

기브 앤 테이크!

그러자 녀석은 한 입 맛보더니 눈이 휘둥그레 커졌다. 그러고는 꿀꿀거리며 둥글게 말린 꼬리가 있는 엉덩이를 씰룩거렸다. 리듬을 타는 거다.

아까도 보았지만, 녀석은 맛있는 걸 먹으면 리듬 타는 걸 좋아했다. 그러고는 다시 민혁을 돌아보더니, 씨이익- 하고 기분 좋게 웃었다.

그리고 민혁과 돼지 간의 기브 앤 테이크의 관계가 계속 이어졌다.

민혁은 돼지를 계속 관찰했다.

녀석은 원래 그것들의 위치를 알던 게 아니었다. 찾아내는 것이었다. 그다음에도 명약을 얻진 못했지만, 분명히 녀석이 찾는 재료마다 하나같이 조금 특별했다.

신중에 신중을 기해 민혁은 마지막 한 번 남은 확인 기회를 사용해 봤다.

〈아기 돼지〉

등급: ???

종류: 펫

레벨: 1

공격력: 102

방어력: 163

하루 소환 가능 시간: 1시간

소환 대기 시간: 23시간

특수 능력:

•맛있는 요리 재료를 찾아내며 아주 간혹 명약을 찾아내기도
한다.

성장 조건:

•주인이 맛있는 걸 먹을수록 경험치가 올라가 진화한다.

잠재력: 184

경험치: 0%/100%

"……뭐 이리 특이해?"

독특하다. 딱 그 말부터 나왔다. 그리고 등급이 '???'로 되어
있다.

현재 나타난 특수 능력은 그가 예상했던 것과 같았다. 맛있
는 요리 재료를 찾아낸다는 것. 이는, 결코 흔한 능력이 아니
다. 민혁이 아기 돼지를 지켜봤을 때, 녀석은 명약까지도 찾아
냈다. 더 맛있는 재료. 그는 보통 더 특별한 재료이지 않은가.

물론 이곳 주변에 특별한 재료들이 훨씬 더 많긴 했다. 사실
이 정도로 명약과 좋은 재료가 널린 곳은 흔치 않으니까.

하지만 잠재력 184.

"……내가 아는 잠재력은 184가 없는데, 뭐지?"

펫의 잠재력은 중요한 역할을 한다. 얼마나 더 성장할지를
예측할 수 있으니까. 보통 잠재력이 높을수록 성장 빈도가

크고 더 뛰어난 펫이 된다.

'내가 아는 가장 높은 잠재력이 아마…… 101 정도였나?'

격차가 생각보다 크다. 도대체 이 돼지 정체가 뭔가?

한데, 마음에 쏙 들긴 한다.

"맛있는 재료를 찾아낸다라……."

메리트가 크다.

심지어 더 놀라운 건, 주인이 맛있는 걸 먹을 때마다 경험치가 올라가고 레벨업을 한다는 것. 즉, 레벨업을 할 때마다 능력을 추가로 얻거나, 공격력, 방어력 등이 상승할 거다.

그뿐만이 아니다. 어쩌면 명약보다 대단한 재료도 찾지 않을까?

민혁의 고민은 깊게 이어지지 않았다.

"아기 돼지를 선택한다."

민혁이 아기 돼지를 선택한 건 단순히 맛있는 재료를 얻기 위함이 아니다.

분명히 현재로써는 헤슬링이 더 강하다. 당장 랭커들과도 동등하게 싸울 수 있을지도 모른다. 하지만 랭커들은 언젠간 결국 더 성장하게 된다. 그들이 나중에 600레벨이 되면? 헤슬링은 그렇게 위협적인 존재는 아닐 것이다. 특히 헤슬링은 더이상 성장이 불가능했다.

반대로, 아기 돼지의 잠재력은 엄청난 수준. 어떻게 변할지 몰랐다.

그리고 맛있는 재료를 찾아낸다. 이는 헤츨링과 다르게 무궁무진하다. 헤츨링이 민혁의 맛있는 걸 찾기 위한 여정을 가속화시켜 줄 수도 있다. 하지만 그렇다고 맛있는 걸 바로바로 찾아주는 역할을 하진 않는다는 것. 반대로 아기 돼지는 계속 성장할 거고, 어떤 식으로 변화할지 모른다는 데에 의의를 두고 선택한 거다.

또, 혹시 아는가?

'성장하면 나중에 특수 능력에 '잘 자랐으니, 잡아먹어도 된다'라고 뜰지도? <u>흐흐흐!</u>'

사실 민혁은 단순했다. 오로지 먹을 것에 연관시킨 거다. 즉, 아기 돼지는 나중을 대비한 일종의 비상식량일지도(?) 몰랐다.

[아기 돼지를 선택하시겠습니까?]

"예."

[아기 돼지가 펫으로 귀속됩니다.]
[아기 돼지의 이름을 변경하시겠습니까?]

이름 변경. 민혁은 골똘히 생각해 봤다.

"작은 돼지?"

[아기 돼지가 싫어합니다.]

"……"

민혁은 황당한 표정으로 아기 돼지를 돌아봤다.

녀석은 웃차! 하고 두 발로 일어났다. 이어서 두둥실 떠올라 민혁의 어깨 위로 내려 앉았다. 주먹 하나만큼의 크기였기에 무겁지 않았다.

"그럼 뭘로 하지? 핑크색이니까, 핑크 돼지?"

그렇다. 사실 민혁은 작명 센스가 최악이었다!

[아기 돼지가 싫어합니다.]

당연히 아기 돼지는 싫어했다.

"이런 이름들도 싫다면 당연히 꿀꿀이도 싫을 테고……."

[아기 돼지가 싫어합니다.]

"흠……."

민혁은 곰곰이 생각해 보다가 말했다.

"당연히 뚱이도 아니고…… 그럼 콩이? 아, 콩이는 강아지 이름인……?"

[아기 돼지가 기뻐합니다.]

"······?"

민혁이 봤을 때, 아기 돼지도 이름 선택을 잘하는 건 같지 않다. 그래도 자신이 좋다는데, 어쩌겠나?

"코, 콩이로 선택한다."

[아기 돼지의 이름을 콩이로 선택합니다.]
[콩이의 기분이 좋습니다.]

"꾸울~"

콩이가 기분 좋게 웃었다. 그러다가 민혁의 어깨 위에 착 붙은 상태로 잠이 들었다.

'하루 소환 가능 시간 1시간이라.'

아마 성장할수록 이 시간도 올라갈 것으로 추측되었다.

[펫 선택이 완료되어 본래 소환되었던 곳으로 돌아갑니다.]

파앗!

곧 밝은 빛이 그의 눈을 덮었다.

눈을 뜬 민혁은 피닉스 로드인 크로니클이 사라져 있는 걸 볼 수 있었다. 발자르크만이 그를 기다리고 있었다.

그리고 발자르크는 민혁이 택한 콩이를 심각한 표정으로 바라봤다.

"왜 그러시죠?"

"아닐세. 자네, 왜 많고 많은 녀석 중에 돼지를 선택했나?"

"일단 잠재력이 높기도 하지만……."

민혁은 그를 선택한 이유를 설명했다. 맛있는 걸 찾는 것, 다른 이들과 비교했을 때 등의 이유. 그리고 마지막으로 가장 중요한 것!

"그거 아세요?"

"……어떤 거 말인가?"

"이 돼지는 제가 맛있는 걸 먹으면 성장한대요."

그에 크로니클은 고개를 끄덕였다.

"사람들이 돼지와 소를 왜 키우나요?"

"……잡아먹으려고?"

발자르크는 고개를 끄덕였다.

"맞습니다. 나중에……."

소곤소곤-

"잡아먹을 수 있을지도 모르잖아요."

사실 다른 녀석들은 모두 검은색 빛으로 보이지 않았다!

물론 콩이도 그렇게 보이진 않았다. 하지만 잠재력이 높으니 언제 변할지 모른다.

"비상식량입니다."

"비, 비상식량…… 으으음……!"

발자르크는 정말 황당하다는 표정으로 그를 바라봤다.

"자, 그럼 이제 약속했던 걸 주세요!"

민혁은 기대감 어린 표정을 지었다.

곧 발자르크는 고개를 끄덕였다.

그가 허공에 손을 휘젓는 순간, 식신이 남긴 신의 요리 첫 번째. 족발 세트가 모습을 드러냈다.

"와……."

민혁은 감탄했다.

얇게 썰어져 그 위에 나열되어 있는 족발 고기와 그 밑으로 살점이 튼실하게 붙어 있는 뼈 고기! 그리고 쌈장, 상추, 마늘, 무말랭이, 이제 막 한 듯 보이는 배추김치와 동치미, 그리고 마지막 쟁반국수까지.

"하하핫!"

민혁은 웃음을 터뜨렸다. 그는 지체하지 않고 먼저 족발 고기 한 점을 그냥 먹어봤다. 쫄깃쫄깃하면서도 담백하다. 용암을 기반으로 삶았다더니, 뭔가 고기의 맛이 조금 더 특별한 것 같았다.

꿀떡하고 입으로 넘긴 순간.

"와……"

민혁은 감탄했다. 순간 머릿속이 하얘지는 것만 같았다.

너무너무 맛있었다.

물론 민혁에게 족발이란 음식은 몇 년 만에 먹어보는 맛있는 음식이었다.

밤에 배고플 때, 오늘 야식은 어때? 하다가 '족발 콜?' '콜!' 하고 외치는 족발! 남들에겐 흔하지만, 민혁에겐 그렇지 않은 음식이었다. 그런데, 그렇게 오랜만에 먹는 족발이 이렇게 맛있기까지 하다니.

그러다가 고개를 틀었다.

"응?"

민혁은 콩이도 바닥에 내려선 걸 볼 수 있었다.

그리고 콩이는 민혁처럼 족발을 먹고 있었다.

"……?"

"꿀?"

"감히 내 족발을……!"

민혁은 길길이 날뛸 뻔했다. 하지만 곧 자신이 먹던 족발이 아니라는 사실을 깨달을 수 있었다.

'……뭐지?'

민혁은 고개를 갸웃했다. 분명히 자신과 똑같은 족발 세트가 콩이 앞에 나열되어 있었다.

'아, 설마!'

주인이 맛있는 걸 먹으면 성장한다. 즉, 콩이는 주인이 맛있는 걸 먹을 때 그가 먹는 음식과 똑같은 음식이 그의 앞에 나타나는 것 같았다.

"꿀꿀꿀!"

[콩이가 행복해합니다.]

민혁은 녀석이 맛있게 먹는 모습을 보다가 자신도 다시 족발에 집중했다. 상추 위로 족발을 한 점 올리고 그 위로 마늘을 쌈장에 푹 찍어 올린다. 거기에 매운 고추와 김치를 추가로 얹어준다. 그 상태에서 쌈을 싸서 입에 넣었다.

아삭아삭-

사운드가 끝내준다. 씹을 때마다 상추와 김치 같은 것이 씹힌다. 그리고 끝엔 담백한 족발과 쌈장이 어우러진다.

민혁은 쌈을 먹는 상태에서 그대로 쓱싹쓱싹 쟁반국수를 비볐다. 그리고 그릇째로 들고.

"후루루루룹!"

흡입했다. 매콤 새콤한 쟁반국수가 느끼할 수 있는 족발의 맛을 잡아준다.

"우물우물, 맛있어!"

민혁은 절로 기분 좋게 웃을 수밖에 없었다.

그러던 중, 콩이를 돌아봤다. 콩이는 그 작은 손으로 컵을 쥔 자세를 흉내 낸다. 그러고는 꿀꺽꿀꺽 넘기는 모습을 보이더니 '캬!' 하는 표정을 지었다.

"아, 그렇지, 그렇지!"

민혁이 서둘러 인벤토리에서 콜라를 꺼냈다. 그리고 얼음 든 컵에 콜라를 꼴꼴꼴 따랐다.

콩이는 주인이 먹는 걸 같이 먹을 수 있다. 이번에도 녀석 앞에 콜라가 생겨났다.

그러다 민혁은 문득 멈칫했다.

'뭐야, 콩이는 어떻게 콜라도 알지?'

정말 희한한 돼지다.

곧이어 민혁이 콩이에게 잔을 가져갔다.

챙!

"꿀!"

"건배!"

꿀꺽꿀꺽-

"캬!"

그리고 그 모습을 보던 발자르크가 중얼거렸다.

"아기 돼지와 아빠 돼지인가……?"

어느덧 민혁은 신의 요리 족발 세트를 모두 먹어치웠다.

그 순간 알림이 울렸다.

[신의 요리 중 첫 번째 요리. 족발 세트를 드셨습니다.]

[모든 독과 상태 이상으로부터 저항하는 만독불침(萬毒不侵)의 육체를 얻었습니다.]

[명성 30을 획득합니다.]

[식신의 요리 스킬을 레벨업 할 수 있습니다.]

[식신의 요리 스킬이 레벨업 합니다.]

[재료추적 스킬을 레벨업 할 수 있습니다.]

[재료추적 스킬이 레벨업 합니다.]

[함께 먹는 즐거움 스킬을 익힙니다.]

[직업 퀘스트 '많은 인간을 배불리 하라'가 생성됩니다.]

'역시……!'

민혁은 자신의 예상이 맞았다는 걸 깨달았다.

식신의 요리 스킬과 재료추적 스킬은 본래 레벨업이 불가능했던 능력!

그는 곧 확인해 봤다.

(식신의 요리 스킬)

패시브 스킬

레벨: 2

효과:

•그 어떤 요리사들보다 더 뛰어난 버프를 요리에 담을 수 있다.

•그 어떤 요리사들보다 보관도와 유지 시간이 훨씬 더 길다.

• 그 어떤 요리사들보다 훨씬 더 많은 양의 버프량을 가지고 있다.

• 상대방이 원하는 요리의 레시피를 확인할 수 있다.

민혁은 '엥?' 하는 표정이었다.

요리가 더 맛있어진다를 기대했지만, 상대방이 원하는 요리 레시피를 확인할 수 있다가 추가되었다.

그는 '흠……' 하는 표정을 지으면서도 상세 설명을 사용했다.

[상대방이 원하는 요리의 레시피를 식신의 요리 스킬이 만들어내며 더 높은 등급의 요리가 나올 확률이 두 배로 상승한다.]

말 그대로 레시피를 창조하는 것이었다.

민혁은 굉장히 뚱한 표정을 지었다.

'나 먹기도 바빠 죽겠는데!'

그리고 재료추적 스킬을 확인했다.

(재료추적)

패시브 스킬

레벨: 2

사용 시 페널티: 하루 동안 식신의 진가 사용 불가

효과:

•요리의 종류와 부여할 버프를 선택하면 반경 10㎞ 안에 있는 재료를 탐색하고 구할 수 있는 재료와 대체 재료, 그리고 구체적인 레시피를 시스템이 제안한다.

-일일 사용 가능 횟수 5/5(스킬 레벨업 시 사용 횟수 증가)

재료추적은 만족할 만하게 되어 있었다.

먼저 1㎞였던 것이 10㎞로 범위가 커졌다. 또한, 3회였던 횟수가 5회가 되었고 스킬 레벨업을 하면서 기존에 사용했던 2회가 리셋되어 5회 모두 사용할 수 있게 되었다.

'이럴 줄 알았으면 마지막 한 번을 쓸걸!'

민혁은 자신의 아둔함을 탓했다.

그러면서 새로 익혔다는 스킬을 보고 기가 막혔다.

'식신님 너무하시네!'

어떻게 자신에게 이런 말도 안 되는 스킬을 준다는 것인가?

민혁은 스킬 이름이 마음에 들지 않았다.

그는 얼굴을 찌푸리며 확인해 봤다.

(함께 먹는 즐거움)

패시브 스킬

레벨: 없음

효과:

•남을 위한 요리를 해주었을 때, 그에게 해준 요리와 똑같은

맛의 요리가 식신의 앞으로 차려진다.

"오……?"

민혁은 방금까지 식신을 욕했던 게 쏙 들어갔다.

민혁이 정말 뛰어난 버프 능력을 가진 요리를 만들어서 남에게 먹인다? 사실 이는 민혁에겐 생각도 못 할 일이었다.

하지만 이 스킬로 남에게 요리를 만들어주면 비록 민혁은 버프 능력을 얻을 수 없어도 똑같은 맛의 요리를 함께 먹을 수 있다.

'식신이 나를 생각하는 마음이 갑자기 확 든다. 고마워요, 식신님!'

민혁은 사실 자신의 버프 능력 자체를 활용하지 못했다. 왜냐, 남을 주느니 내가 먹고 마는 게 나으니까.

하지만 이 패시브 스킬은 다르다. 맛있게 먹이고 자신도 맛있게 먹을 수 있다. 또한, 맛있는 요리를 해준 대가로.

'요리 재료를 사달라고 할 수도 있겠지!'

그는 흡족하게 웃었다. 그리고 이어서 많은 인간을 배불리 하라를 확인했다.

[직업 퀘스트: 많은 인간을 배불리 하라.]

등급: ?

제한: 신의 요리 첫 번째를 먹은 자

보상: 신의 요리 두 번째. 레스토랑 코스 요리, 식신의 귀속 아티팩트

실패 시 페널티: 5대 스텟-100

설명: 식신 알렌은 자신의 후손이 어떠한 자인지 누구보다 잘 안다. 하지만 그는 혼자 맛있게 먹는 것도 좋지만, 모두가 어울려 함께 먹는 것도 중요하다고 생각한다.

이는 그를 위한 퀘스트로 '만족도'가 생성된다. 이 만족도가 100%가 되면 두 번째 신의 요리를 먹을 수 있다.

또한, 요리를 먹은 이의 레벨, 작위, 능력, 다양한 것에 따라 만족도가 상승한다.

민혁은 고개를 끄덕였다. 즉, 다른 이들을 먹이고 자신도 겸상으로 식사하면 된다는 이야기였다.

'흠……'

하지만 깨기는 녹록지 않아 보였다.

"식신은 미운 짓도 많이 했지만 고마운 일도 많이 했지. 나 또한, 그가 해준 요리의 맛을 잊을 수가 없거든. 이 요리는 자네가 그 즐거움을 느끼는 과정에서 도움이 되어줄 거라고 했다네."

"그렇군요."

정말 맛있는 요리는 잊기 힘든 법이다.

그리고 오늘, 민혁은 족발 세트를 먹었다. 이 족발 세트는 정말 맛있었다. 세상에서 살면서 가장 맛있었다고 할 정도로 말이다.

더군다나, 이 신의 요리 첫 번째는 민혁에게 독과 모든 상태 이상에 저항할 수 있는 놀라운 힘을 주었고, 또한 요리를 얻는 과정에서도 꽤 많은 걸 얻었다.

'콩이, 갑옷, 그리고 칭호까지.'

그 외의 몬스터들을 먹이면서 얻은 무수히 많은 아티팩트와 골드. 물론 민혁은 아직도 불멸의 갑옷을 확인 안 한 상태였지만.

그러던 중이었다.

"꾸-울……!"

콩이가 허공에 두둥실 날아올랐다.

[콩이가 진화합니다.]
[콩이가 진화합니다.]

자그마치 두 번 연속으로 진화다. 신의 요리를 먹은 덕에 아마 경험치가 대폭 상승했을 거다.

콩이의 몸에 밝은 빛이 맺혔다.

'혹시 엄청 멋있는 펫으로 변화하는 거 아니야?'

민혁은 그런 작은 기대를 가졌다.

이어서 빛이 걷히고 나타난 콩이!

"……꿀?"

똑같았다. 전혀 달라진 게 없었다.

'음……'

민혁은 고개를 끄덕이고 콩이의 상태를 확인해 봤다.

(콩이)

등급: ???

종류: 펫

레벨: 3

공격력: 132

방어력: 3,251

하루 소환 가능 시간: 2시간

소환 대기 시간: 22시간

특수 능력:

- 명약이 근처에 있다면 바로 감지해 낸다.

- 펫 소유자 공격력 10% 상승

- 패시브 스킬 보호 본능

성장 조건:

- 주인이 맛있는 걸 먹을수록 경험치가 올라가 진화한다.

잠재력: 184

경험치: 32%/100%

"……?"

민혁은 놀랐다. 공격력은 미미하게 올랐지만, 방어력이 대폭 상승했다.

'3,251……?'

이 정도면 아까 전의 헤츨링 급이다. 고작 레벨 2가 올랐을 뿐인데!

거기에 민혁은 콩이를 소환하고 있으면 공격력 10% 상승의 버 프 효과를 받는다. 그리고 추가로 생긴 패시브 스킬 보호 본능.

(보호 본능)

펫 스킬

등급: 없음

레벨: 없음

효과:

• 주인을 지키기 위한 콩이의 보호 본능. 주인을 향한 공격을 온 힘을 다해 막아낸다.

설명: 가끔 건방질 수 있지만 콩이는 착한 펫이다. 그런 콩이 는 자신의 주인을 지키고 싶어 한다. 콩이는 보호 본능을 이용 해 위기의 순간 당신을 지켜줄 것이다.

민혁은 작게 감탄했다.

콩이의 진화에 잠시 지켜보고 있던 발자르크가 말했다.

"다른 신의 요리는 자네가 더욱더 성장했을 때, 찾을 수 있 을 걸세."

"넵."

민혁은 고개를 끄덕였다.

이제 볼일은 끝났다. 그리고 현재 신의 요리 두 번째에 대한 힌트는 만족도를 100%로 채우는 것. 이는 틈틈이 해나갈 수 있겠지. 그리고 레벨이 차면 또 다른 신의 요리에 대한 힌트를 얻을 거다.

"부디 맛있는 걸 열심히 먹길 바라네."

그와 함께 발자르크가 사라졌다.

민혁은 이제 이곳 몬스터의 낙원의 몬스터들을 한 번씩 더 먹이고 나가자고 생각했다.

그리고 이는 생각보다 빨리 이루어져서 민혁은 하루 만에 그들 모두를 먹이고 그곳을 나섰다.

죽은 자의 땅. 레벨 450의 고렙들이 사냥하는 사냥터. 그곳에서 430레벨대의 듀라한들이 물밀 듯이 쓸려 나가기 시작했다.

"크라아아!"

번쩍!

번쩍!

빛이 번쩍일 때마다 듀라한들은 후두둑 쓰러졌다. 그들의 몸 곳곳에는 맹수의 발톱 자국이 남았는데 그들을 빛과 같은 속도로 스치고 지나가는 존재는 다름 아닌, 늑대였다.

그 앞에는 피부가 검은 아프리카 소년이 있었다. 그의 이름은 바로 카이스트라. 그는 실제 이름도, 닉네임도 카이스트라였다.

곧이어 또 한 번 번쩍이는 빛과 함께 또 다시 앞쪽의 듀라한 무리가 쓸리며 죽어나갔다.

어린 소년 카이스트라는 그 모습을 보며 만족스러운 미소를 지어 보였다.

카이스트라는 우연히 대한민국 서버에 접속한 유저로 세계 비공식 랭킹 9위에 드는 최강자 중의 강자였다. 그리고 그의 클래스는 화신의 사자. 신 클래스다.

그가 대한민국 서버에 접속해 있는 이유.

가난한 마을에 사는 카이스트라. 그 마을의 사람들은 모두들 들들 끓는 병과 배고픔에 죽어가고 있었는데, 그때 나타난 게 대한민국 의료진들과 자원봉사자들이었다.

그들은 대한민국의 기업에서 나왔다고 하였다. 바로 일화그룹. 그들은 카이스트라가 있는 작은 마을을 위해 돈을 아끼지 않았으며, 어떤 것도 바라지 않고 그저 베풀었다.

카이스트라는 한 남성에게 물었다. 그는 일화그룹 회장의 직속 비서인 박문수라는 사람이었다.

'아저씨들은 저희를 왜 도와주시나요?'

그에 박문수는 빙긋 웃으며 대답했다.

'배고픈 사람들이 있는 걸 원치 않으니까, 그것은 정말 힘들고 안타까운 일이니까.'

그에 카이스트라는 어린 마음에 물었다.

'대한민국에서 배고픔이라는 게 뭔지 알고는 있나요?'

그에 박문수는 잠시 깊은 생각에 잠겨 있는 표정을 짓다가 무릎을 굽혀 카이스트라에게 말했다.

'아주 가까이에 그런 이가 있지, 그걸 누구보다 잘 아는 게 회장님이시기도 하고.'
'회장님의 이름이 어떻게 되나요?'
'강민후 회장님. 아주 훌륭한 분이시지.'

카이스트라는 작게 웃었다.
은인. 카이스트라는 그 말을 듣고 영원히 그를 은인이라 생각하기로 했다.

6장
추격자들

어느 날, 카이스트라의 마을에 정체 모를 기계 다섯 개가 설치되었다.

'출시된 지 며칠 되지 않은 아테네라는 게임을 할 수 있는 기계란다. 아테네를 만든 회사에서 지원해 주더구나. 이 게임을 통해 세상을 배우는 건 어떻니?'

그에 카이스트라는 이들이 곧 떠날 거라는 걸 직감했다.

'이 캡슐은 영원히 꺼지지 않을 거란다. 만약 마을에 무슨 일이 생기면 닉네임 일화, 코드 네임 313513로 바로 귓속말을 다오.'

그 말을 남기고 그들은 떠나갔다.

현재 카이스트라의 마을 사람 모두는 배불리 먹고 있었다. 카이스트라가 아테네에서 벌어들이는 수익 덕분이다.

'북부 대륙에 가면 더 많은 돈을 벌 수 있겠지.'

카이스트라는 생각했다.

북부 대륙의 개척. 이는 곧 업데이트를 뜻한다.

그때, 빛을 번쩍이던 존재. 펜루스가 어느덧 카이스트라의 옆으로 다가왔다.

"크르!"

온몸이 잿빛 털로 번쩍이는 늑대. 5대 화신 중 하나인 빛의 화신. 전설 등급을 넘어가는 신 등급의 몬스터이자 신수의 알에서 태어난 존재. 그게 바로 펜루스였다.

펜루스는 듀라한 수십 마리를 혼자 잡아내고는 여유롭게 머리를 그에게 비비고 있었다.

그러던 중.

"크르르르르!"

녀석이 어느 한 곳을 바라보며 경계의 목소리를 흘렸다.

펜루스는 조금 특별한 능력을 가졌다. 강력한 몬스터나 신화 속 몬스터. 또는 전설 몬스터를 감지한다. 혹은 그 위의 존재들까지도.

카이스트라가 질문했다.

"펜루스, 왜 그래?"

"크르르르르!"

그에 카이스트라의 얼굴이 딱딱하게 굳어졌다.

"다른 화신이 나타났다고?"

그는 펜루스를 따라 그가 바라보는 방향으로 고개를 돌렸다.

"꾸르렁 푸으으으, 꾸르렁 푸으으으."

민혁은 어깨 위에서 코까지 골며 자고 있는 콩이와 함께 전 요리사의 탑장 보로토에게 돌아가고 있었다. 그가 말했던 대로 샐로브의 땅으로 가서 힌트를 찾고 신의 요리를 먹었으니 혹시 모른다는 생각이 들었다. 보로토에게 돌아가면 또 다른 먹거리 퀘스트 같은 게 있을지도 모르는 일!

똑똑-

문을 두들기고 얼마 후, 보로토가 나왔다.

"오, 식신이시여. 신의 요리를 드셨습니까??"

보로토는 정중히 상체를 숙여 보였다. 그러다가 슬쩍 어깨 위의 돼지를 발견했다.

"펫을 얻었나 보군요? 당신과 쏙 빼닮았습니다!"

민혁은 보로토를 만나기 전, 투구를 벗었다. 그게 예의니까.

"치, 칭찬이죠?"

"물론이죠. 하하하!"

결론은 민혁이 돼지를 닮았다는 것. 하지만 민혁은 원하는 게 있었기에 싫은 내색 하나 없이 콩이의 소환을 해제했다. 펫은 소환 해제하면 소환의 방으로 들어가게 된다.

콩이를 소환 해제한 민혁이 입을 열었다.

"혹시 저한테 부탁하실 거 없나요? 보상으로는 맛있는 거라든가, 맛있는 거라든가. 맛있는 게 나오면 좋을 것 같은데!"

"흠, 있긴 한데. 일단 안으로 들어오시지요."

보로토는 민혁을 안쪽으로 안내했다.

"물이라도 한잔 드시면서 찬찬히 이야기하시겠습니까?"

"예!"

민혁은 고개를 끄덕였다.

곧이어 보로토가 가져온 물은 다름 아닌 보리차였다.

'히야, 보리차!'

어린 시절엔 참 보리차를 많이 마셨던 것 같다. 단순히 물일 뿐인데 고소했고, 또 밥을 먹을 때 항상 따라 마시곤 했으니까. 하지만 요즘은 거의 정수기로 해결한다.

민혁은 보리차를 꿀꺽꿀꺽 들이켰다. 고소하면서도 목 넘김에 걸리는 게 없었다.

그는 단숨에 한 잔을 들이켰다.

"한 잔 더 주세요."

"제가 큰 실수를 했군요. 감히 식신님 앞에 보리차 한 잔이라니."

이어서 보로토는 커다란 주전자를 가져왔다. 민혁은 한 잔, 두 잔, 석 잔을 단숨에 원샷 했다.

"크흐! 어릴 땐 맥주같이 생겼다고 생각했는데."

"후후. 안 그래도 때마침 꼭 필요한 재료가 있습니다."

"오, 그것의 답례는 맛있는 거인가요?"

보로토는 고개를 끄덕였다.

그런데, 그때 누군가 노크했다.

똑똑-

"계신가요?"

그 목소리는 분명히 여성의 목소리였다.

민혁과 보로토가 고개를 갸웃했다.

보로토가 나가려던 순간.

"자, 잠깐만요. 보로토 님!"

"네?"

민혁의 심각한 표정에 보로토는 얼굴을 찌푸렸다.

"호, 혹시…… 살기를 느낀 겁니까? 저 너머에 저를 암살하려는 사람이……."

"아니요. 맛있는 냄새가 납니다."

"음?"

보로토는 휴 하고 한숨을 내쉬었다. 그러고 보니 자신 같은 초라한 곳에 있는 전 요리사의 탑장을 암살할 자들이 어딨겠는가.

그런 생각을 하고 있을 때 민혁이 몸을 일으키며 말했다.

"제가 열어줄게요."

"그러시죠."

보로토는 고개를 끄덕였다.

곧이어 몸을 일으킨 민혁이 문을 열어줬다.

민혁은 고개를 갸웃하더니 앞에 서 있는 여인. 그녀를 보며 먼저 놀란 소리를 흘렸다.

"헙······."

그리고 문 너머의 여인. 지니도 놀란 표정을 지었다.

'얼마나 대단한 버프 요리길래, 황혼의 요리사보다 뛰어나다는 거지?'

지니는 라밴 마을에 도착했고 이제 보로토가 있는 오두막 앞에 거의 도달했다.

그녀는 맛있는 크로켓을 야무지게 먹으면서 걷고 있었다.

한때 뚱뚱했던 그녀는 피나는 노력으로 뺐고. 아테네에서 먹는 것으로 지금 모습을 유지하고 있었다.

그 때문에 지니는 아테네에서 꽤 많이 먹었다. 그녀 역시 먹을 것을 사랑하는 흔한 사람 중 한 명이었던 것. 그 탓에 아직도 꽃돼지라는 귀여운 별명으로 불리기도 한다.

"아, 크로켓 너무 맛있다."

지니는 흐뭇하게 웃었다.

한입 베어 물면 먼저 바삭함이 느껴진다. 그다음, 안에 든 고기, 양파, 당근. 그리고 입안 가득 퍼지는 카레의 맛.

그녀는 크로켓 두 개째를 뚝딱 해치운 참이다. 그리고 마지막 하나를 뜯으려다가 멈칫했다.

'흠흠, 처음 뵙는 사람 앞에서 그건 예의가 아니지.'

그녀는 고개를 끄덕였다.

어느덧 보로토가 있는 오두막 앞에 도착한 지니가 노크했다.

똑똑-

"계신가요?"

그리고 목소리가 들려온다.

"자, 잠깐만요. 보로토 님!"

"호, 혹시…… 살기를 느낀 겁니까? 저 너머에 저를 암살하려는 사람이……."

"아니요. 맛있는 냄새가 납니다."

그 말에 지니는 고개를 갸웃했다.

"……응? 뭐지? 아, 혹시……!"

그녀는 들은 적이 있다.

동물로 변하는 능력을 가진 클래스! 야수화! 혹시 그 야수화 능력 중 '개'로 변하는 이가 아닐까? 그리고 보로토와 함께 유저가 있다는 건 의외였다.

그러다 쿡 하고 웃었다.

'강아지로 변하면 뭐로 변하려나? 푸들?'

그런 생각을 하던 중 안쪽에서 말소리가 들린다.

"제가 열어줄게요."

"그러시죠."

한데, 이상한 일이다. 이 오두막의 주인은 요리사의 전 탑장. 한데, 유저에게 존대를 한다.

그러던 중 문이 열렸다. 그리고 지니는 얼어붙을 수밖에 없었다.

'미, 민혁아!'

그토록 찾아 헤맸던 그가 앞에 있었다.

예전과 다르게 많이 변했다. 키도 훨씬 커지고 얼굴도 성숙해졌다. 갑자기 그녀의 가슴이 두근두근 요동치기 시작했다.

쿵쿵쿵쿵-

"헙……!"

그리고 민혁의 눈이 커다래졌다.

'나, 날 알아본 건가?'

그래, 역시 너라면!

모두가 자신을 알아보지 못할 정도로 변했다고 한다. 하지만 민혁이는 섬세한 남자였다. 그는 알아본 것이다.

곧 그가 말했다.

"와, 님 엄청나게 아름다우시군요."

'엥?'

민혁의 말에 지니는 반응하지 못하고 고개만 갸웃했다.

'뭐지?'

"와, 조금 전 무언갈 먹어 입에서 흐르는 기름기에 감탄이 절로 나옵니다. 당신 같은 미녀는 처음 봐요! 심지어 엄청난 글래머시군요. 현실에서도 남자 꽤 울렸겠어요. 하핫! 그리고 방금 먹은 거요, 냄새와 당신의 입가에 묻은 빵가루로 보아, 크로켓이 맞는 것 같은데, 실례가 안 된다면 하나 얻을 수 있을까요?"

'……헐?'

지니는 눈치챘다.

자신을 알아본 게 아니다. 크로켓이 먹고 싶은 거다!

'근데 내가 크로켓을 먹은 걸 어떻게? 설마 냄새로?'

그녀는 의아한 표정을 지으면서 생각했다.

'이 녀석의 사연, 뭘까?'

궁금했다.

로반에게 듣기로 엄청나게 먹는다고 했다. 예전에도 잘 먹었지만, 지금은 훨씬 더 잘 먹는다고.

'그래, 민혁이는 예전에도 먹을 걸 주면 말을 참 잘 들었어.'

그에 지니는 순순히 남은 크로켓 하나를 주었다.

"감사합니다. 정말 감사합니다. 복 받으실 거예요. 만수무강하세요!"

꾸벅꾸벅 고개를 숙이는 민혁! 그가 곧 야무지게 크로켓을 먹었다.

"자넨, 누군가?"

"아……!"

그리고 지니는 보로토의 말에 아차 했다.

"볼일이 있는 겐가?"

"예, 필요로 하는 물건이 있으시다고 해서 찾아왔습니다."

"호오, 들어오지."

보로토는 흔쾌히 들어올 것을 청했다.

"헤헤, 크로켓 맛있엉!"

민혁은 어느덧 자리에 앉아 허겁지겁 크로켓을 먹으며 웃기 시작했다. 그리고 지니는 그 옆에 슬그머니 앉았다.

보로토가 그녀의 앞에 물잔을 내려놨다.

'얘, 진짜 왜 이래?'

그녀는 고개를 갸웃했다.

그때 민혁이 모두 먹어치우고 말했다.

"근데, 님 목소리가 제가 아는 누구하고 닮았네요."

"그, 그래요? 그분 어떤 분인데요? 들어보면 왠지 엄청 이쁘고~ 성격도 착할 것 같은데."

그 말에 민혁이 진심으로 정색했다.

"아닌데요?"

순간 컵을 쥔 지니의 손에 힘이 꽉 들어갔다.

쩌적-

컵에 금이 가는 소리다.

"호, 호호, 그, 그래요?"

민혁은 진지한 표정으로 말했다.

"중학교 친구인데, 걔가 강림하면 반 아이들이 '우와! 멧돼지 장군 떴다'라고 했죠. 아직도 생생히 기억나요. 피카츄 돈가스 한 입 뺏어 먹었다고 절 화장실로 끌고 가서 죽도록 팼어요. 가끔 자다가 그때의 악몽을 꾸기도 하죠. 후, 끔찍해."

민혁은 진심으로 식은땀을 흘렸고 그걸 훔쳐냈다.

"……서, 설마 죽도록 팼겠어요? 장난이었겠죠~ 호호호, 그 여성분. 어렸을 때면 지금쯤 미녀가 되었겠네요. 어렸을 때, 안 예쁜 애들이 원래 커서 이쁘대요."

그 말에 민혁은 곰곰이 생각하다가 고개를 저었다.

"설마요."

챙그랑!

결국 그녀의 손에 쥐어진 잔이 와장창 깨졌다. 당장 민혁의 뒤통수를 후려치고 그때처럼 화장실로 끌고 가 죽도록(?) 패고 싶었던 지니였지만 참았다.

'후, 참을 인, 참을 인……'

사연을 알아내고 만다!

"괘, 괜찮으세요?"

"괜찮아요~ 호~ 호~ 호~"

"아무튼, 감사합니다. 님은 제 은인이세요!"

"호~호~호~ 그럼 대가리 땅에 박…… 호호!"

"예?"

"아, 아니에요~"

지니는 정말 끌고 갈 뻔한 걸 간신히 참았다.

그러다 이어 보로토가 말했다.

"생각해 보니 식신님께 드리려던 부탁이 여성분과 같군요."

'아, 민혁이도 나랑 같은 퀘인가?'

민혁이는 그녀가 알기로 레벨 대비 상당히 강했다. 로반을
이겼을 정도이니.

"여러분 북부 대륙에 대해 아십니까?"

"북부 대륙이요?"

그 말에 지니는 직감했다.

'북부 대륙에 관련한 퀘스트를 주는 NPC는 흔치 않아……!'

모두가 지금 북부 대륙 퀘스트 때문에 혈안이 되어 있다. 얻
는다면 일반 퀘스트라고 해도 히든 퀘스트 못지않다.

"예전에 제가 북부 대륙에 한 번 갔던 적이 있습니다."

"그래요?"

지니는 감탄했다. 북부 대륙에 간 적이 있다니?

"예, 아주 젊었을 때 한 번 갔지요. 물론 깊게는 못 들어갔습니다. 워낙 위험한 곳이니까요."

대부분 들어가면 죽어 나온다는 북부 대륙. 그곳을 탐험했던 자. 심지어 보로토는 전대 요리사의 탑장이기도 하다.

"제가 드리는 지도가 향하는 곳으로 가시면 발키리 왕국에 도달할 겁니다."

"와, 왕국······?"

그 말에 지니는 깜짝 놀랐다.

북부 대륙의 왕국! 그 말은 이런 뜻이기도 했다.

'왕국이 있다는 건 말 그대로 북부 대륙의 새로운 마을, 영지 등을 얻을 수 있다는 이야기지.'

물론 현재의 이필립스 제국에도 많은 영지가 있다. 하지만 대부분 소유주가 존재한다. 귀족이거나 혹은 대형 길드거나.

사실 레전드 길드에게도 영지가 존재했다. 하지만 영지는 많이 가지면 가질수록 좋은 것이었다.

심지어 분명히 보로토는 말했다.

'지도를 준다고 했어······!'

지도를 준다는 말은 간단하다. 보로토는 현재 북부 대륙에 관련한 퀘스트를 주는 몇 안 되는 NPC였던 것! 심지어 그 왕국에 도달하면 다양한 퀘스트, 놀라운 보상, 새로운 사냥터가 있을 터! 지니는 그의 말을 끝까지 들었다.

"그곳에 가서서 전설의 요리사를 만나십시오."

"……전설의 요리사요?"

민혁의 말에 보로토가 고개를 끄덕였다.

"예, 그는 요리로 가히 절정에 이른 인물! 예전에 저도 한 번 그의 요리를 먹었던 적이 있습니다."

보로토는 추억을 회상하듯 했다.

"저라는 사람의 요리가 참 초라하게 느껴지더군요."

민혁은 놀랐다.

보로토는 전대 요리사의 탑장! 그 또한 엄청난 실력의 요리사가 분명했기 때문이다.

"그리고 그 전설의 요리사가 공청 석유의 힌트를 알고 있을 겁니다."

"공청 석유요?"

"예, 지하 깊은 곳에서 한 방울씩 떨어지는 아주아주 귀한 물입니다. 이 공청 석유는 마시는 순간 특별한 힘을 얻을 수 있고 소문처럼 아주 맛이 좋은 물이지요."

보로토는 기대하라는 듯 뜸을 들이다가 말했다.

"바로 탄산수이기 때문입니다."

"탄산수요?"

민혁이 격하게 반응했다.

"예, 달짝지근한 탄산수입니다."

"와아아아아!"

심지어 그곳에 가면 전설의 요리사도 만날 수 있다고 한다. 그가 해주는 요리는 얼마나 맛있겠는가!

"때마침 두 분이 오셨으니, 함께 공청 석유를 얻어다 주시는 게 어떻겠습니까?"

[히든 퀘스트: 전설의 요리사를 만나 공청 석유를 얻어 와라!]

등급: S

제한: 보로토와의 만남

보상: 보로토의 버프 요리

실패 시 페널티: 보로토와의 친밀도 하락

설명: 아직 개척되지 않은 북부 대륙. 보로토는 과거 그곳에 다녀와 본 적이 있다. 그리고 발키리 왕국에 있는 전설의 요리사가 그 행방에 대해서 알고 있다.

지니도 민혁과 같은 알림을 받고 퀘스트를 수락했다.

[발키리 왕국으로 향하는 지도를 획득합니다.]

'뜻하지는 않았지만, 민혁이와 동행을 하게 되었어. 잠시 지켜보면 연락이 끊긴 이유를 알 수 있겠지.'

그렇게 생각하며 지니는 민혁과 함께 밖으로 나왔다.

"크로켓 잘 먹었어요. 다음에 봬요!"

"어어, 저기요? 어디 가요?"

지니는 당황했다. 인사를 한 민혁은 뒤도 안 돌아보고 가려 했던 것!

"공청 석유 얻으러요."

"저, 저랑 같이 가야죠."

"……왜요?"

그는 이해할 수 없다는 표정이었다.

"그, 그야 같이 퀘스트 받았으니까?"

"에이, 그러면 입이 하나 더 생기잖아요."

"……?"

"다음에 봐요!"

그렇게 말하며 몸을 돌리는 민혁. 그녀는 초조해졌다.

'아 씨, 이걸 어쩌지? 정체를 밝혀야 하나?'

민혁은 계속 멀어지고 있었다. 그에 반사적으로 말했다.

"맛있는 거 사줄게요!!!"

투다다닷!

"어서 가시죠. 제가 님 가시는 길 편안하고 안락하게 모시겠 습니다."

예전에도 이런 말을 하면 민혁은 가방을 잘 들어줬다.

이렇게 두 사람은 동행하게 되었다.

"참, 저 마을에 좀 들릴게요."

"마을요?"

민혁의 말에 지니는 고개를 갸웃했다.

"잡템이 너무 많아서요."

라벤 마을의 중앙광장에 있는 루트는 힘껏 외치고 있었다.

"템 삽니다! 어떤 것도 안 가리고 다 삽니다. 다른 곳보다 훨씬 비싼 값에 사요! 1.5배 값으로 삼!"

잡템을 사는 이유는 간단했다. 유저들이 잡템을 팔려고 할 때, 그 목록을 보면 이 유저가 얼추 어느 정도 강한지 알 수 있다. 예를 들어 아티팩트나, 혹은 몬스터의 부산물 등에 따라 그가 갔던 사냥터를 유추할 수 있다.

그리고 생각보다 이 라벤 마을 인근엔 꽤 고렙 사냥터가 많기도 했다. 때문에 잡템을 통해 유저의 강함을 판별하고 그들을 자신과 왕 발렌을 호위할 이방인들로 섭외할 생각이었다.

그렇게 템을 팔던 중, 한 남성과 여성이 다가왔다.

'또 프라이팬 코스프레야? 지겹다, 지겨워.'

그런 생각을 하다가 루트는 옆에 있던 여성을 보고는 자신도 모르게 헤- 하고 웃었다. 엄청난 미녀였기 때문.

"님아, 잡템 좀 팔려고 하는데요. 정말 다 사시나요?"

"네, 다른 곳보다 1.5배 가격으로 매입해 드려요~"

"근데 좀 많은데……."

"괜찮습니다, 저 돈 많아요~ 하핫!"

루트는 슬쩍 여성에게 미끼를 던졌다. 하지만 여성은 관심도 없다는 표정.

그에 루트는 그냥 본분에 충실하기로 했다.

"근데 진짜 많아요!"

"……괜찮습니다, 상인이 매입할 돈도 없이 사겠어요. 하하"

루트는 그의 행색을 살폈다.

프라이팬, 뿔 투구, 그리고 누더기 같아 보이는 갑옷! 하지만 검만큼은 꽤 좋아 보이기도 했다.

'흠, 현금으로 샀나?'

그러면서 루트는 사내에게 악수를 청했다. 두 사람이 손을 맞잡으면 거래가 발발된다.

거래창이 뜨자, 사내가 한 번에 쫘르르륵 올렸다.

[거래창이 가득 찼습니다.]

거래창은 총 16개로 이루어져 있다.

루트는 하나하나 확인하다가 눈을 크게 떴다.

'뭐, 뭐야? 트윈 헤드 오우거의 건틀릿? 오크 부족장의 대검? 컥! 오우거의 초록 피가 무슨 다섯 개가 넘어?'

그는 경악할 수밖에 없었다.

그러다 이어 그는 다른 곳에서 멈췄다.

'피닉스 로드의 깃털?'

피닉스 로드! 아직 발견되지 않은 전설 몬스터! 추정 레벨 450~500 사이로 현 랭커 1위와 견줄 정도다. 그런 녀석의 아티팩트 재료를 가지고 있다?

'이 사람, 고렙이다!'

루트는 팍하고 감이 왔다. 그래서 일단 한번 값을 매겨보기로 했다.

'오크 부족장의 대검이 두 개…… 하나에 약 5천만 골드…… 피닉스 로드의 깃털은 약 80억 골드 정도 할 테고…….'

곧 계산을 끝낸 루트가 눈을 껌뻑였다.

"초, 총 307억 골드네요."

"……네?"

그에 옆에 있던 여성이 반응했다.

"어, 얼마라고요?"

"307억 골드요. 아, 말씀드렸다시피 1.5배 값이니까, 더 쳐드릴게요."

"……?"

여성은 남성을 이해할 수 없다는 표정으로 봤다. 루트도 딱 그 심정이었다.

그러다 또 아차 한다.

"아아, 그러고 보니 이 트윈 헤드 오우거의 건틀릿은 값을 안 매겼네요. 이건 에픽이니까……."

"……"

"거의 800억 골드 정도?"

"오, 좀 많이 나왔네요. 근데 저거보다 한두 배 더 있는데……."

루트는 눈을 껌뻑거렸다.

"뭐, 뭐라고요?"

"한두 배 더 있어요."

"……"

루트는 생각했다.

'확실하다! 이 사람이 바로 퀘스트를 성공적으로 이끌 은인이시다!'

"죄송하지만 잠시 실례해도 될까요?"

루트는 허리춤에 차고 있던 검을 뽑았다. 바로 발렌이 임시적으로 건넨 태양의 검. 1m 거리에만 근접해도 색을 통해 명성의 수치를 확인할 수 있으며 빛이 밝을수록 명성이 높은 거다.

"……헉?"

곧 루트는 경악했다. 사내에게 슬쩍 검을 가져다 대자 엄청나게 밝은 빛의 색을 띠고 있었다.

그는 태양의 검을 옆쪽으로 향해봤다. 여성을 겨냥한 것이다. 조금 전 사내보다 미약하지만 분명 강렬한 빛!

그 모습을 본 지니는 눈치챘다.

'저거 왕이나 황제가 가지고 있는 명성 확인하는 작위의 검

인데? 서, 설마 지금 민혁이가 나보다 명성이 높다는 거야?'

지니가 해당 사실에 또 다른 경악을 하고 있을 때, 루트가 넙죽 엎드렸다.

"저, 절 도와주세요!"

두 사람은 고개를 갸웃했다.

루트는 속사포처럼 현재의 상황을 설명했고, 그 이야기를 들은 지니는 생각했다.

'와, 이건 꼭 해야 해! 신대륙의 왕과 친밀도를 쌓을 수 있다니!'

설명하면서 루트는 사내의 얼굴을 살폈다.

'뭐, 뭐야. 크게 관심 없는 표정인데?'

그리고 민혁은 하품을 쩌억 하곤 말했다.

"왕 하니까, 왕만두 먹고 싶다……."

"……."

"……."

"아, 아무튼 저를 좀 도와주십시오. 도와주시면 전하께 말씀드려서 전부 1.5배, 아니, 2배 값으로 매입하게 해드리겠습니다!"

"흐으음……."

민혁은 턱을 쓸었다. 깊게 고민하는 표정.

그에 지니는 왜 고민하는지 알 수 없었지만, 루트의 귀에 뭐라고 속삭였다.

"에? 그, 그렇게 말하면…… 정말 의욕이 생길 거라고요? 음……."

루트는 고민했다. 이 파티 뭔가 이상하다.

하지만 넌지시 던졌다.

"가는 길에 맛있는 거 사드릴게요."

스르르릉!

"감히 전하를 위협하는 존재들이 있다니, 제가 이 단칼에……! 어서 가시죠!"

그렇게 말하며 민혁과 지니가 합류했다.

"왕꿈틀이도 먹고 싶네."

루트는 민혁이 정말 이상한 사람이라고 생각했다.

'그래도 강하니까!'

여관방 안. 발렌은 힘없이 침대에 걸터앉았다.

"루트, 그가 잘해줘야 할 텐데."

지금 현재 강한 이방인의 힘이 절실히 필요했다.

당연하게도 발렌은 그 이방인에 의해 무사히 이곳을 빠져나간다면 그에 따른 후한 보상을 해줄 생각이었다.

하지만 녹록지 않을 것이다. 아까 전 자신들을 추격했던 이들은 이방인 중에서도 꽤 실력자로 보였기 때문이다.

'빌어먹을!'

어쩌다 왕인 자신이 이러한 신세로 전락한 것인지는 모르겠다. 그러다가 발렌은 배에서 나는 꼬르르륵 소리를 들었다.

"배고프군."

왕이라고 배가 고프지 않은 건 아니다. 살기 위해 며칠을 쉴 새 없이 달렸다. 그 과정에서 배가 고픈 건 어쩔 수 없는 일이다.

'내려가서 먹기에도 뭐 하고.'

혹시라도 추격자들과 마주칠 수도 있는 노릇이다. 숨죽여 이곳에서 주린 배를 붙잡고 기다릴 수밖에 없다.

그러던 중.

똑똑

조심스러운 노크 소리가 들렸다.

발렌의 입가에 작은 웃음이 생겼다.

'이방인들과 함께 루트가 도착한 것이구나!'

일단 그가 들어오면 밑으로 내려가 맛있는 것을 좀 가져다 달라고 할 생각이었다.

곧이어 문이 열렸다.

"전하. 이방인들을 데려왔습니다."

"그래."

발렌은 고개를 끄덕였다.

먼저 안으로 들어온 이는 여성이었다. 그리고 여성이 막 인 사를 하려던 참에, 갑자기 주먹만큼 작은 존재 하나가 쪼르르 르 안으로 들어왔다.

"응?"

그는 고개를 갸웃하며 근엄한 목소리로 물었다.

"웬 돼지더냐?"

"저는 민혁이란 돼지…… 아니, 이방인입니다."

"돼지에 대해 물었는데, 왜 자네가 대답하나?"

이상한 남녀 이방인을 보며 발렌은 고개를 갸웃했다.

"제 별명이 돼지라 그만……."

순간 발렌은 말문이 턱 하고 막혔다. 이거 남자 이방인의 상태를 보아하니 영 이상하다. 심지어 함께 들어온 여성이나 그나 모두 행색이 초라했다. 또 사내는 등 뒤에 프라이팬을 차고 있었다.

발렌은 뭔가 잘못돼도 이거 한참 잘못되었다고 생각했다. 그에 사내에게 물었다.

"자넨, 직업이 뭐지?"

"요리사입니다."

"……아니, 요리사가 여길 왜 온 건가!"

그는 결국 버럭 할 수밖에 없었다.

"이분께서 맛있는 거 사준다고 해서 왔습니다. 전하……!"

"……."

순간 발렌은 루트의 명치를 겁나 세게 후려치고 싶어졌다.

그리고 루트도 당혹한 표정이 역력했다.

"다, 당신 요리사라고요?"

"그런데요."

"……."

루트는 말문을 잃었다.

'뭐, 뭐야. 검을 차고 있어서 근접 캐릭인 줄 알았는데……. 서, 설마 그냥 실력 있는 요리사였어? 요리로 명성 높인?'

그런 생각을 할 때 발렌이 손짓하자 루트가 서둘러 그의 앞에 다가갔다.

"도대체 이게 어떻게 된 일인가. 루트!"

그는 고개를 돌려 그 셋을 보았다.

"저자들이 수백의 병사들과 기사, 몬스터들을 뚫고 나를 엘레 황제의 앞으로 이끈단 말인가? 저들한테 발키리 왕국의 운명이 달렸단 건가?"

"아, 아마도요……?"

발렌은 이마에 손을 짚었다. 확, 죽이고 싶은 심정이었다.

이상한 요리사에, 정체 모를 아기 돼지, 그리고 얼굴은 이쁘지만 어떨지 모르는 여성까지.

'저 여성도 제정신은 아니겠지!'

저런 남자와 함께 다닌다면 당연했다.

'이렇게 발키리 왕국의 300년 역사가 무너지는가!'

그는 탄식을 흘리며 말했다.

"루트, 차라리 다른 자들을 데려오는 게 어떻겠나?"

"그건 힘들 것 같습니다. 이곳으로 오는 길에 그 무리가 마을에 들어오는 걸 봤습니다. 서둘러 빨리 이곳을 빠져나가야

합니다."

통탄한 일이었다. 발렌은 한숨을 깊이 쉬었다. 일단은 이 마을을 빠져나가는 게 먼저인 것 같았다.

그들과 함께 여관을 나가면서 지니는 곰곰이 생각해 봤다.

'추격대라…… 어떤 길드지? 또 습격한 NPC들은?'

그녀는 고개를 갸웃했다.

빠르게 숲에 숨겨놓은 마차로 일행이 향하면서 지니가 슬그머니 발렌 앞으로 다가갔다.

"전하, 지금 상황을 보아 지원군이 많다면 더 좋겠지요?"

"좋기야 하겠지."

발렌은 이미 거의 내려놓은 표정이었다. 이미 그는 머릿속에 숱한 고문을 당할 생각과 피 흘리는 백성들 생각에 가슴이 저리고 있었다.

"그럼 제 동료들을 부르겠습니다."

"그러게, 그나마 자네가 가장 정상 같군."

"감사합니다."

그 정상 같다는 말. 평범한 말인데, 왜 이렇게 어깨에 힘이 들어가는지 모르겠다.

지니는 길드 채팅을 쳤다.

7장
엘레의 검술 강화

산적 떼들과 혈혈단신 싸우고 있는 한 사내. 그의 손에서 창이 맹렬한 회전을 시작했다.

[토네이도 스피어]
[던진 창이 적들을 끌어당겨 잔혹하게 유린합니다.]

그가 창을 힘껏 던지는 순간. 앞을 막고 있던 산적 무리는 그대로 창에 빨려 들어가며 찢어발겨졌다.

"크아악!"

"으아아앗!"

"네, 네놈……!"

산적 두목, 실제로는 레벨 370대 정도의 보스 몬스터이기도 한 그는 경악할 수밖에 없었다.

눈앞의 사내가 혼자서 200레벨대의 산적 수십 마리를 잡은 것도 모자라 한 번도 공격을 허용하지 않은 탓이다.

곧이어 사내가 손을 뻗는 순간. 멀리 날아갔던 창이 그대로 회수되어 그의 손에 착 감겼다.

[스피어 붐]
[창끝에 강력한 힘이 밀집됩니다.]

곧 사내의 창이 산적 두목의 몸을 힘껏 찔렀다.
푸화핫!
퍼어엉!
후두두두둑!
그의 잔해가 끔찍한 몰골로 폭발했다.

[산적 두목 쟌 베커를 해치우셨습니다.]
[명성 5를 획득합니다.]
[현상금을 받으실 수 있습니다.]

창끝에 묻은 피를 털어내는 남성은 현상금 사냥꾼인 크로우였다.

크로우는 비공식 창술사 랭킹 2위지만, 실제 공식 랭킹 1위라고 알려진 '신의 창' 베르든과 비슷한 무위였다.

그가 현상금 5억 골드를 받기 위해 돌아가려던 참이었다.

삐이 삐이!

사이렌 같은 알림이 지나갔다.

'응? 마스터가 긴급 상황을 선포했어?'

그는 고개를 갸웃할 수밖에 없었다.

이 알림은 속한 길드의 마스터가 긴급 상황을 선포했을 때로 길드 간의 전쟁, 혹은 길드원 전체가 참여하는 퀘스트 등이 있을 때 울리는 알림이었다.

곧 크로우는 재밌다는 듯 웃었다.

[길드 마스터 지니: 긴급 공지. 현재 저 지니가 라밴 마을에서 북부 대륙 발키리 왕국의 왕 발렌을 호위하고 엘레의 군사와 만나기 위해 움직이고 있습니다. 발렌 왕은 현재 알 수 없는 추격자들에 의해 공격받고 있는 상황입니다. 발렌 왕이 줄 보상으로는 영토, 작위, 그 외의 무수히 많은 퀘스트와 보상 등이 예상됩니다. 길드원분들께선 지금 바로 집결해 주시기 바랍니다. 참여하지 못하신 분은 보상 목록에서 제외하겠습니다.]

"호오?"

크로우는 흥미롭다는 듯 웃었다.

왕을 호위하는 퀘스트, 그리고 라밴 마을이라.

지니는 좌표를 찍어 올리며 매시간 한 번씩 좌표를 올리겠다고 했다.

크로우는 빠르게 도시로 돌아가서 길드원들의 아지트로 사용되고 있는 건물로 들어갔다.

문을 열고 들어가자 몇몇 길드원이 이미 대기하고 있었다. 그중 꼬마 길드원이 몸을 일으켰는데, 그는 머리카락이 붉게 물들어 있었고 정체 모를 밀짚모자를 쓰고 있었다.

"왔어, 크로우?"

"오, 불주먹. 여친은 찾았냐?"

불주먹 에이스. 코드 네임 홍염의 격투가인 그는 격투가 전설 클래스로써 실제로 공격을 가할 때마다 엄청난 화염이 터지는 근접계 비공식 랭커였다.

비록 매일 여친을 찾아다니는 놈이었지만.

"후, 이제 나미 같은 타입은 포기하려고. 이젠 로빈 같은 타입에 꽂혔거든. 이상형이 지적인 여자로 바뀌었어."

"형이 반말하지 말랬지?"

"우씨! 나 이래 보여도 은평초 짱 불주먹 에이스라고! 얼마 전엔 동하초의 고무 인간도 이겼어!"

"아, 눼눼. 대단하시네요~"

그 말에 크로우는 피식 웃었다.

그 외의 다른 랭커 중 하나. 두 개의 검을 차고 있는 여인. 전장의 신 아스갈도 있었다.

"로크와 칸은?"

"뭐, 어디 탑 간다던데. 길챗 못 보는 거 같더라고."

"어느 정도 모이면 출발하자."

그들은 하나같이 숨겨져 있는 은둔 고수들이었다.

곧이어 홍염의 격투가, 에이스가 말했다.

"크로우, 가면 되게 재밌을 것 같지?"

그에 크로우는 피식 웃었다.

"말이라고."

아레스. 그는 자신에게 다가온 길드원의 보고를 받을 수 있었다.

"길마님, 왕이 라밴 마을에 머물렀던 것은 확실합니다."

"그래?"

"예, 코스포가 그의 피 냄새를 맡고 쫓아갔을 땐, 여관이었습니다. 여관 주인에게 물어보니 저희가 말했던 인상착의의 남자가 잠깐 머물렀다고 하더군요. 한데……."

그는 미간을 구기며 말했다.

"처음엔 둘이 왔었지만, 나갈 땐 넷이 함께 나갔다고 합니다. 프라이팬을 매고 있는 유저와 매우 아름다운 여인이었다고 합니다."

"이방인들을 포섭한 건가?"

발렌은 퀘스트를 주는 NPC였기에 그는 곧바로 알아챌 수 있었다.

그리고 자신들이 받은 퀘스트. 그는 바로 이것이었다.

[제국 퀘스트: 발렌 왕을 생포하라!]

등급: S

제한: 아스만 후작과의 친밀도

보상: 영토, 작위, 발렌 왕의 스킬 진화

실패 시 페널티: 콜로니스 제국 NPC와의 친밀도 대폭 하락

설명: 당신은 콜로니스 제국의 사람으로부터 퀘스트 공유를 받았다. 발렌 왕은 특별한 능력을 가진 사람이다. 바로 그 사람이 가진 스킬을 한층 진화시킬 수 있는 능력이다. 또한, 발렌 왕을 생포한다면 발키리 왕국을 콜로니스 제국이 점령하고 당신은 그에 따른 영토와 작위를 받을 수 있을 것이다!

퀘스트 진행 시: 유저 PK 시 반카오, 혹은 카오가 되지 않음

'크흐흐.'

뜻밖의 제국 퀘스트! 이는 다름 아닌, 4대 길드 중 하나인 아이리스의 길드장, 칼리안이 공유해 준 퀘스트다.

유저들은 이필립스 제국 쪽에서 시작한 이들과 콜로니스 제국에서 시작한 이들이 나눠지며, 이필립스 제국과 콜로니스 제

국은 사이가 좋지 않다.

그리고 아이리스 길드는 콜로니스 제국쪽 길드였다. 아레스는 이필립스 제국의 사람이고.

하지만 아레스와 칼리안은 평소에도 연락을 주고받는 사이였다. 때문에 칼리안은 당장 자신들이 넘어갈 수 없자, 곧바로 아레스에게 연락했다.

그리고 메스 텔레포트를 타고 그쪽에서 병력 50명이 넘어왔는데, 그들은 정예 중의 최정예였다. 병사의 레벨이 하나같이 300을 웃돈다.

거기에 함께 온 이는 콜로니스 제국에서 작위를 박탈당한 이. 과거의 제국검. 루마드였다.

현 아테네 세계관에서 루마드는 극강팔인 중 하나라고 불린다. 이는 강력한 NPC들에게 부여된 칭호로 루마드의 경우 극강팔인 중 가장 약했지만, 한때 붉은 맹수 용병단의 전 단장을 맡기도 했었을 정도였다.

'든든하군.'

극강팔인이 함께 있는데 무엇이 두렵겠는가. 또한, 적들은 끽해야 넷이다.

'도대체 누굴 포섭한 거지?'

그는 궁금증을 가졌다.

이어 길드원이 말했다.

"코스포를 통해 계속해서 놈들을 쫓도록 하겠습니다."

코스포는 표범류의 몬스터로 냄새를 잘 맡는 녀석이다. 놈을 통해 놈들을 추격한다.

'기필코 엘레와 만나기 전에 생포한다.'

만약 엘레를 만난다면 큰일이다. 그렇게 된다면, 제아무리 루마드가 있다 해도 승산이 없을 테니.

또한, 생포에 목숨을 거는 이유 중 하나는 이것도 있었다.

'왕이 가진 힘……!'

발렌 왕은 특별한 힘을 가진 자라는 사실을 아레스는 퀘스트 내용을 통해 알 수 있었다.

'엘레의 검술이 보상으로 걸렸을 때만큼이나 놀라운 보상이지 않은가!'

보상에 적혀 있는 것. 스킬 진화다.

정확히 어떤 방식으로 진화시키는지는 모르겠다. 하지만 확실한 건 상세 설명을 통해 확인했다.

아레스는 지금 발카인 검술이라는 유니크 스킬을 가지고 있다. 한데, 이게 1레벨이 상승하는 게 아니다. 진화는 말 그대로 한 단계 더 강해져 유니크에서 에픽 스킬이 된다.

'정말 노다지 같은 왕이로다.'

아레스는 피식하고 웃었다.

덜컹덜컹-

마차가 내는 소리였다.

발키리 왕국의 왕 발렌. 수백만이 넘는 백성을 휘하로 둔 왕이자, 국민에겐 때로 '냉혈의 군주'라고 불리는 그는 지금 자신의 윗입술을 혀로 핥고 주린 배를 붙잡고 있었다.

그 앞에서 민혁이란 이방인은 갑자기 무언가를 꺼냈다. 그것은 다름 아닌 삶은 계란이었다.

"역시 여행엔 삶은 계란과 사이다지."

탁!

기분 좋게 웃은 그는 자신의 머리에 삶은 계란을 깼다. 그다음 샤샤샥 한 번에 벗겨냈다.

"엇? 저도 주면 안 돼요? 치사하게 혼자서만 드세요?"

"흐음…… 로니 님은 저한테 크로켓를 주셨으니."

민혁은 흔쾌히 그녀에게 삶은 계란을 건넸다.

'매, 맥반석 계란이군……!'

그리고 그런 지니와 민혁을 바라보며 발렌은 자신도 모르게 침을 꿀떡 넘겼다.

굶은 지 자그마치 이틀! 하지만 왕에게는 체면이라는 게 존재했다.

민혁이 소금에 콕콕 맥반석 계란을 찍어서 입으로 가져갔다.

'맥반석 계란이면 쫄깃쫄깃하겠군, 그리고 반절을 한입에 베어 물면 흰자와 노른자의 맛이 적당히 어울리지.'

발렌은 그렇게 생각하며 고개를 천천히 끄덕였다.

계란을 먹던 민혁은 이어서.

푸쉭!

사이다 캔을 깠다.

시원하게 움직이는 민혁의 목울대를 보며 발렌은 생각했다.

'정말 시원해 보이는군. 캔에 맺혀 있는 물방울이 그 시원함을 증명하는 것 같아, 옳지, 그렇게 한번에 벌컥벌컥 들이켜야지!'

"캬!"

"크……!"

민혁의 감탄사에 자신도 마시고 있다고 상상한 발렌이 감탄사를 내버렸다. 그에 스스로도 흠칫한 발렌이 서둘러 고개를 돌렸다.

'놈! 사람이라면 한 번쯤은 계란을 권하겠지.'

자신의 신하들은 항상 먼저 권했고 자신이 먼저 먹은 후, 그후에 먹었다.

그걸 생각하고 있을 때, 민혁이 말했다.

"전하께서도 맥반석 계란과 사이다 드시겠어요?"

며칠을 굶었고 시원한 사이다가 딱 필요한 지금이었다.

하지만 그는 왕. 체면이 있었다.

"괜찮네."

한 번쯤은 거절해 준다. 그리고 두 번째 권유를 하면 그때 마지못해 받는 척할 생각이었다.

"그래요, 그럼."

'왜 한 번만 물어보나! 왜! 왜!'

모든 권유는 세 번이라고 했거늘!

"그래도 전하. 배고프실 텐데, 하나 드세요."

지니가 권유했다. 참 다행이었다.

'이 여인에겐 돌아가면 꽤 좋은 상을 내려야겠어.'

그런 생각을 할 때 민혁이 말했다.

"에이, 전하께선 이런 음식 별로 안 좋아하시는 거 같아요."

"그, 그런가……? 하긴……."

지니는 곰곰이 생각하다가 고개를 끄덕였다. 한 왕국의 왕이 이런 맥반석 계란을 좋아할 리가 없지.

'망했군…….'

하지만 정작 발렌은 속으로 먹고 싶어 쓰러질 지경이었다. 주는 걸 왜 막는단 말인가, 왜!

그때.

꼬르르르르륵!

발렌의 배가 요동쳤다.

"험험."

그는 무안함에 헛기침을 했다. 그에 민혁과 지니의 시선이 절로 돌아갔다.

"내 비록 맥반석 계란과 사이다를 좋아하진 않는다네."

그에 두 사람이 끄덕였다.

"하지만 지금 오랫동안 음식을 먹지 않아, 배가 고픈 건 사실이야. 또 나를 기다리는 백성들이 있기 때문에 나는 포기하지 않고 이 난관을 헤쳐 나가야 하지."

그 말에 민혁과 지니가 또 끄덕였다.

"그래서 백성들을 위해 먹고 힘을 차리기 위해 계란을 먹겠네."

"결론은 계란이 먹고 싶다. 이거군요?"

그에 발렌은 고개를 끄덕였다.

"그, 그렇지."

이어 민혁이 흔쾌히 고개를 끄덕였다.

발렌은 서둘러 맥반석 계란을 집어 들었다.

'계란은 역시 머리로 깨야……!'

계란을 집어 든 그가 자신의 머리로 깨려다가 멈칫했다. 지켜보는 눈이 둘이나 있다.

그는 계란을 바닥에 툭 때려 깨고는 한 입 베어 물었다.

"후아아."

오랜 배고픔 뒤에 음식이 들어오자 안도의 한숨이 터져 나왔다. 그리고 이 맥반석 계란은 정말이지 맛이 좋았다.

소금에 콕콕 찍어서 한입, 다 먹고 또 하나를 깬다.

탁!

푸쉭!

사이다를 딴 다음에, 꿀꺽꿀꺽.

"크흐!"

감탄을 흘렸다. 그리고 와구와구 맥반석 계란을 먹기 시작했다.

그 모습을 보며 지니는 쿡 하고 작게 웃었다.

"맥반석 계란도 먹을 만하군. 흠흠!"

그가 헛기침을 하고 계속 먹기 시작했다.

"랄드의 요리에 길든 내가 이렇게 흡족해할 정도이니 말이야."

"랄드요?"

"그래, 우리 왕궁의 요리사이지, 발키리 왕국을 벗어나 다른 세상에선 전설의 요리사라 불린다더군."

그에 민혁은 관심을 가졌다. 전설의 요리사가 공청 석유에 대해 알고 있으니까. 또 민혁은 그가 해준 요리를 한 번쯤 먹어보고 싶었다.

"그런 랄드의 요리는 정말 최고라네, 정말이지 맛있어. 세상에서 그만큼 요리를 잘하는 이는 없을 걸세. 그리고 그는 한 가지 요리를 정말 뛰어나게 잘한다네."

한 가지 요리를 뛰어나게 잘한다. 그 말에 민혁은 집중했다.

"바로 초밥이라는 요리지."

"……!"

그 말을 들은 민혁은 자리에서 벌떡 일어났다.

"초, 초밥이요?"

"그렇다네, 그는 초밥을 정말 잘 만든다네, 또 자네들은 아직 북부 대륙에 대해 잘 모르겠지만, 북부 대륙엔 '용왕의 바다'라는 곳이 존재하지."

용왕의 바다! 척 듣기에도 범상치 않은 곳이었다.

"용왕의 바다에는 정말 다양한 생명체들이 살고 있지, 발키리 왕국의 특산품이 '해산물'이라고 할 수 있을 정도로 말일세. 그리고 랄드는 초밥을 정말 잘 만들지, 그가 만든 초밥을 먹으면 싱싱함에 절로 미소가 감돈다 해야 할까?"

민혁은 상상해 봤다.

초밥집 안으로 들어가 의자에 앉아 일본인 같은 복장을 하고 계신 사장님께 말한다.

'사장님, 여기 A 코스 하나 주세요.'

A 코스. 가장 기본적인 코스다. 10개의 모듬 초밥과 뜨끈한 미니 우동이 나오는!

일단, 먼저 나온 뜨듯한 된장국을 수저로 맛보면.

'허어.'

구수한 그 맛에 흐뭇한 미소가 감돈다. 그리고 작은 그릇에 고추냉이를 덜고 간장을 따라준 후, 적당히 비율이 맞게 풀어준다.

때마침 사장님께서 모듬 초밥을 주신다. 기다랗게 잘린 광어 초밥, 분홍빛을 띠는 연어 초밥, 싱싱해 보이는 생새우 초밥과 계절 활어 초밥, 그리고 문어 초밥과 장어 초밥, 계란 초밥

등! 초밥은 한 번의 주문에 여러 가지 맛을 느낄 수 있는 즐거움이 있다.

광어를 콕콕 고추냉이 간장에 찍어 먹어주면 절로 흐뭇한 미소가 감돈다. 아주 간혹, 고추냉이가 많이 든 초밥을 먹었을 때 기분 좋게 코가 찡한 그 맛! 그 맛을 개인적으로 민혁은 좋아했다.

그러면서 함께 나온 우동을 후루루룹 먹어주면? 정말 최고라는 거다.

주르르륵-

입에서 절로 침이 고인 민혁이 헤- 하고 웃었다.

그에 발렌은 옳거니 했다.

"참, 자네 요리사라고 들었네만?"

"맞습니다."

"뭐, 자네의 요리가 랄드에 견줄 리가 없겠지만 내가 만족할 만한 요리를 만든다면 그가 만든 요리를 맛볼 기회를 주겠네, 아직 미숙한 자네 같은 요리사에게 그의 음식을 맛볼 기회는 두 번 다시 없을 기회겠지. 또 그렇게 된다면 내가 자네가 가진 힘을 진화시켜 주지."

"진화요?"

진화라는 말에 반응한 것은 다른 사람이 아닌 바로 지니였다.

발렌이 고개를 끄덕였다.

"난 다른 이들이 가진 능력을 진화시킬 수 있는 힘을 가졌네."

"······!"

지니는 그에 경악할 수밖에 없었다.

능력이라면 즉 스킬을 칭하는 것이다. 스킬을 진화시킨다는 것은 레벨업과 다르다.

'이런 대단한 기회를······!'

지니는 민혁을 부러워하는 시선으로 봤다.

그리고 민혁에게 알림이 떠올랐다.

[히든 퀘스트: 배고픈 발렌 왕을 만족시켜라.]

등급: S

제한: 없음

보상: 발렌 왕의 스킬 진화, 전설의 요리사가 만든 초밥

실패 시 페널티: 발렌과의 친밀도 대폭 하락

설명: 지금 발렌 왕은 배가 고프다. 그런 발렌 왕은 자신의 입맛을 만족시켜 줄 맛있는 요리를 해줄 요리사가 필요하다. 발렌 왕을 만족시킨다면 당신이 가진 공격 스킬 하나를 진화시킬 수 있을 것이다.

공격 스킬의 진화. 즉, 민혁에겐 엘레의 검술이 진화되는 것이다.

현재 민혁이 가지고 있는 엘레의 검술은 무척 강력한 스킬이다. 민혁과 비슷한 레벨 대비의 유저들과 비교했을 때는 엄

청난 스킬이라고 감히 말할 수 있다.

하지만 그보다 고레벨 유저들과는 다르다. 당장 레벨 400대의 유저가 가진 유니크 공격 스킬과 민혁의 엘레의 검술을 비교해 보면 400레벨대의 유저가 가진 유니크 스킬이 압도적으로 강력함을 드러낸다.

그 이유는 간단하다. 그 유저의 스킬 레벨이 훨씬 더 높기 때문이었다.

스킬 레벨이 올라갈수록 공격력은 강화되고 추가 능력이 붙는다. 1레벨의 에픽 스킬과 8~10레벨의 유니크 스킬을 두자면 당연히 유니크가 더 강하다.

하지만 여기에서 엘레의 검술이 진화한다면? 비록 전체적인 레벨과 능력치 자체는 민혁이 400레벨대 랭커들보다는 낮을지라도 스킬만 두고 본다면 그 이상의 힘을 낼 수 있을지 몰랐다.

지니가 작게 물었다.

"퀘스트 떴죠? 등급이 뭐예요?"

"히든 퀘스트, S등급이요."

"……!"

지니는 또 한 번 감탄했다. 그리고 부러움이 가득한 눈으로 민혁을 바라봤다.

'와……. 부럽다.'

하지만 이어 생각했다.

'로반 님이 민혁이의 요리가 맛있다고 하긴 했지만…….'

또 생각보다 민혁의 요리의 버프량이 괜찮은 편이라고 했었다.

하지만 그렇다고 해도 앞에 있는 자는 왕이다. 좋은 것만 입고 좋은 것만 먹고 자란 사람이다. 특히나, 전설의 요리사가 해준 요리만 먹었던 이를 만족시켜야 하는 퀘스트! 괜히 S급 퀘스트가 아니다. 무척이나 어려운 난제였다.

그리고 민혁은 고개를 끄덕였다.

'맛있는 초밥……!'

그가 이 퀘스트에 온 힘을 다하기로 한 이유는 간단했다. 초밥을 먹기 위해서다. 엘레의 검술의 강화도 아니고 다른 이유도 아닌, 오로지 초밥!

그리고 때마침 민혁에겐 이러한 스킬도 존재하지 않던가.

'함께 먹는 즐거움!'

남을 위해 하는 요리지만 민혁도 먹는 겸사겸사의 요리다.

민혁은 먼저 발렌 왕을 보며 '레시피 창조'라고 생각해 봤다.

[상대방이 원하는 레시피를 창조합니다.]

[스테이크 레시피를 확인할 수 있습니다.]

[레시피 창조에 따라 버프량을 소모합니다.]

민혁은 고개를 끄덕였다.

레시피를 창조하면 아마도 하루에 만들어낼 수 있는 버프 요리의 버프량이 줄어드는 것 같았다.

(발렌을 위한 스테이크 레시피)

필요 재료: A++급 검은 소의 안심, 버터, 300년 된 레드와인, 달의 월계수, 새송이…… (생략)

기대 요리 등급: 유니크~전설

기대 효과:

- 발렌의 스킬 진화 효과 대폭 상승
- 모든 스텟 대폭 상승

"……"

민혁은 미간을 찌푸렸다.

'뭐야, 이게?'

재료가 터무니없는 것들이 많았다. 민혁은 저기에 적혀 있는 요리 재료 대부분을 알고 있다.

A++급의 검은 소. 검은 소는 몬스터로 분류되기는 힘든 녀석이었지만 5만 마리 중 한 마리가 존재하는 아테네의 소였다. 이 검은 소는 대체로 일반 소보다 훨씬 더 고기의 질이 뛰어나고 가격도 몇 배는 비싸다. 한데, 그런 검은 소 중에서도 A++급의 소여야 한다.

거기에 달의 월계수. 달빛을 받아 자라난 월계수 잎을 뜻하는데. 아주아주 귀하다고 알고 있다.

'왕이여서 그런가, 레시피도 까다롭네!'

그리고 가장 큰 문제.

'지금 재료가 없는데?'

저런 재료가 뚝딱 떨어지는 게 이상하지 않은가?

그때 다시 알림이 들렸다.

[본인이 가지고 있는 재료로 대체할 수 있습니다.]

월계수 잎과 소의 안심은 민혁도 가지고 있다.

'호오, 대체한다.'

[대체된 레시피를 확인할 수 있습니다.]

민혁은 바로 열람해서 확인했다.

(발렌을 위한 스테이크 레시피)

필요 재료: 일반 소의 안심, 버터, 레드와인, 월계수, 새송이…… (생략)

기대 요리 등급: 레어~에픽

기대 효과:

- 발렌의 스킬 진화 효과 상승
- 모든 스텟 상승

재료 교체 후의 변화가 분명하게 보이고 있었다. 기대 요리 등급이 본래 유니크~전설이었던 거에 비해 레어~에픽으로 변해 있었고, 또 발렌의 스킬 진화 효과 대폭 상승도 스킬 진화 효과 상승처럼 변해 있다.

'아, 재료를 통해서 버프량이 올라가게 돕는 거구나?'

민혁은 고개를 끄덕이고, 요리를 시작했다.

먼저 달리는 마차 안에서 프라이팬을 꺼내 가열했다.

[지금 버터를 두르시는 게 가장 좋습니다.]

식신의 요리습득 스킬의 알림에 따라 손을 움직인다.

민혁은 가열된 프라이팬에 버터를 살살 돌려주며 녹여줬다. 그러자 달콤한 버터 냄새가 마차 안을 채웠다. 물론 지니가 창문을 열어놓은 상태다.

그리고 그 위에 레드와인을 붓고 월계수 잎 한 장을 올려준다.

"그럴싸하군."

발렌은 못 미덥지만 제법 모양은 그럴싸하구나 하는 표정이었다. 하지만 민혁은 그 말이 귀에 들어오지 않았다.

엄청난 집중력!

'호오?'

발렌은 다소 놀란 표정이었다.

민혁은 레드와인이 프라이팬 위에서 끓기 시작하자 그 상태에서 케첩과 간장, 올리고당을 넣고 걸쭉할 때까지 졸여줬다.

그다음 완성된 붉은빛 소스를 그릇에 담아 식히고, 얇게 썬 양파를 중약불에 볶아줬다.

촤아아아아아!

양파의 색이 갈색이 되었을 때, 발사믹식초 2큰술, 꿀 1큰술을 넣고 양파를 더 볶아준다. 그다음 양파 역시 그릇에 담아냈다.

그 후 붉은빛이 감도는 먹음직스러워 보이는 안심살을 꺼내 두툼한 두께로 썰어냈다.

[안심을 실로 묶어주면 육즙이 빠져나가지 않게 도와줍니다.]

민혁도 얼추 알고 있던 사실이다.

민혁은 안심을 실로 잘 묶어주었다. 그 상태에서 소금, 후추, 파슬리를 앞뒤로 뿌리고 올리브유를 발라줬다.

그리고 새송이버섯과 애호박을 편으로 썰어준 뒤에 그 위로 파마산 치즈 가루, 소금, 후추, 올리브유를 넣고 잘 버무려 준 후, 잘 달궈진 프라이팬으로 애호박과 버섯을 노릇노릇하게 익혔다.

이제 대망의 스테이크 굽기가 남았다.

팬을 충분히 가열 후 기름을 둘러준다. 그다음 프라이팬 위로 안심을 올린다.

치이이이이익!

황홀한 소리를 내며 피어오르는 연기!

꼴깍.

별로 기대 안 하는 듯 보였던 발렌이 침을 삼켰다.

민혁은 1분 정도의 시간을 두고 들러붙지 않게 하기 위해 뒤집었다.

치이이이이익!

[발렌은 미디엄을 선호합니다.]
[20초에 한 번씩 뒤집어주며 총 7분 정도를 익히면 좋습니다.]

레시피 창조라는 말이 무색하지 않게 상대방이 선호하는 기호도 알려주는 레시피 창조!

굽기가 끝난 후. 민혁은 하얀 접시 위로 플레이팅했다.

고기를 올리고 그 옆으로 둥글게 썬 애호박과 새송이를 놔준다. 그리고 고기 위로 아까 전 볶아났던 양파를 올린 후에 소스를 부었다.

스테이크를 완성하자 알림이 들렸다.

[안심 스테이크를 완성하셨습니다.]
[발렌만이 버프 효과를 볼 수 있는 요리입니다.]
[레시피 창조 스킬 요리는 한 사람당 한 달에 하나씩의 요리만 맛볼 수 있습니다.]

[유니크 등급입니다.]

[손재주 2를 획득합니다.]

[명성 4를 획득합니다.]

[업적 포인트 400을 획득합니다.]

'호?'

탕수육 이후로 처음 듣는 알림이었다. 심지어 그때 탕수육의 경우 오크 부족장의 정수와 무아지경이 깃들었기에 레어가떴었다.

한데, 바로 유니크가 나타났다.

그 이유는 간단했다. 식신의 요리 스킬이 2레벨이 되면서 두배로 더 높은 등급의 요리가 나오게 되었기 때문이다.

그리고 그동안 민혁이 요리를 만들면서 탕수육 이후의 등급 요리를 보지 못한 이유는 간단하다.

등급이 있는 요리는 전부 버프 요리다. 하지만 민혁은 버프요리가 아닌, 자신이 먹으려는 요리만 만들었기 때문이다.

"한번 먹어보지."

"아직 안 됩니다."

"응?"

"로니 님, 웨이터처럼 한 번만 행동해 주세요."

"네? 그게 무슨……."

지니는 이해할 수 없었다.

"정말 레스토랑처럼 기분 느끼면서 먹어보고 싶어서 그래요!"

"……?"

"어서요~!"

민혁은 그녀에게 접시를 건넸다.

곧 발렌과 마주 앉은 민혁. 그가 손을 들었다.

"웨이터."

"네, 네……. 소, 손님……."

지니는 황당하단 표정으로 맞장구쳐 줬다.

"오늘은 뭐가 맛있죠?"

"아, 안심 스테이크입니다."

"그걸로 주시고요, 아, 미디엄으로 해주세요."

"네에……."

지니는 '미디엄'이요라고 말할 때, 뒤통수를 힘껏 치고 싶었지만 참았다.

이 말도 안 되는 콩트를 정리하기 위해 접시를 든 지니가 멈칫했다.

'이거 버프 요리인가? 한번 확인해 볼까?'

기대감을 가진 그녀, 그녀가 민혁의 요리를 확인해 봤다.

(안심 스테이크)

재료 등급: C

등급: 유니크 / 제한: 발렌만 버프 효과를 볼 수 있음

보관일: 7일 / 유지 시간: 10일

특수 능력:

- 모든 스텟+5% 상승

- 발렌의 스킬 진화+2

설명: 오로지 발렌만을 위해 요리사 민혁이 만들어낸 안심 스테이크이다.

버프 능력을 본 순간, 지니는 깜짝 놀라 스테이크를 볼 수밖에 없었다.

'마, 말도 안 돼…… 이, 이럴 순 없어……!'

보관일이 자그마치 1주일. 게다가 먹으면 이 효과가 10일간 지속된다. 심지어 버프 효과로 스킬 레벨이 상승하고 모든 스텟 5% 상승 옵션이 붙어 있다.

'너 도대체 정체가 뭐야……?'

지니는 민혁을 바라봤다.

하지만 민혁은 그 사실을 아는지 모르는지 자리에 앉아 기대감 어린 표정을 짓고 있었다.

"흠? 웨이터?"

"아, 네."

지니가 서둘러 스테이크가 담긴 하얀 접시를 들고 움직였다.

"정작 먹는 건 나인데, 왜 자네가 앉지?"

"저도 같이 먹을 거거든요."

발렌은 고개를 갸웃했다.

이어서 지니가 그의 앞에 접시를 놔주는 순간이었다.

[함께 먹는 즐거움]
[상대방에게 해준 요리와 같은 요리가 생겨납니다.]

민혁의 앞으로 발렌의 앞에 놓인 스테이크와 똑같이 생긴 접시가 나타났다.

"호오, 특이한 능력이로군?"

"헤헤, 잘 먹겠습니다!!"

민혁은 밝게 웃으며 서둘러 인벤토리에서 꺼낸 포크와 나이프를 움직였다.

발렌은 그를 바라보다가 자신도 어서 움직이기 시작했다.

왼손으로 쥔 포크로 안심 스테이크를 푹 찍어 움직이지 않게 고정시켰다. 그 상태에서 오른손에 쥔 나이프로 썰어냈다.

'호오, 적당한 굽기, 흘러내릴 것 같은 육즙, 입맛을 돋게 하는 붉은빛이라.'

발렌은 작게 감탄했지만 내색하지 않았다. 급하게 만든 것인지라 재료가 부족해 보였지만 고기만큼은 정말 잘 익힌 것 같았다.

곧 한 점을 입으로 가져갔다.

왕인 발렌은 상당한 미식가였다. 그가 눈을 감고 천천히 음미해 보기 시작했다.

입에서 안심 스테이크가 부드럽게 씹힌다. 한 번 씹을 때마다 그 안에서 맛있게 흘러나오는 육즙에 작은 미소가 지어진다. 또한, 민혁이 레드와인과 월계수 잎, 케첩, 간장, 올리고당으로 만들어낸 소스가 부족할 수 있는 맛을 잡아주고 있었다.

'저, 정말 잘 익혔어. 너무 맛있군⋯⋯!'

목구멍 뒤로 고기를 넘긴 발렌은 놀란 표정으로 민혁을 바라봤다. 민혁은 스테이크를 썰어서 빠르게 식사를 하고 있었다.

'이 정도면 랄드와 견주어도 손색이 없을 정도잖아!'

그 정도로 민혁의 스테이크 요리는 맛이 좋았다. 그리고 앞의 민혁도 맛있게 먹고 있었다.

발렌의 포크와 나이프가 허겁지겁 움직인다.

노릇노릇 구워진 새송이버섯도 먹어본다. 그러자 안에서 부드럽게 씹히며 고기의 느끼한 맛을 잡아준다.

그렇게 발렌은 먹어치우기 시작했다.

한 입, 두 입, 세 입, 네 입.

결국에.

"와⋯⋯ 정말 너무 맛있군⋯⋯."

참고 참았던 감탄사가 입 밖으로 터져 나왔다.

민혁은 어깨를 으쓱였다.

"자네를 다소 무시했던 건 내가 미안하네."

요리란 때로 그 사람의 기분을 좋게 만들어준다. 가끔 정말 맛이 좋은 맛집을 찾고 그곳에서 밥을 먹고 나올 때 괜히 기분이 좋지 않던가?

　발렌은 자신이 죽을지도 모른다는 상황에서 민혁이란 요리사와 지나라는 여인을 만나 불안감이 극대화되었었다. 그래서 신경이 날카로웠고 그 둘에게 다소 불편한 기색을 보였다.

　하지만 한 왕국의 왕임에도 발렌은 본래 신사적인 자다.

　"이토록 맛있는 요리를 대접받다니, 정말 고맙……."

　한데, 놀라운 일은 거기서 끝이 아니었다.

　[당신만을 위한 레시피로 만든 요리를 드셨습니다.]

　[한 달 동안 당신만을 위한 레시피로 만든 음식을 먹을 수 없습니다.]

　[버프 유지 기간 동안 다른 버프를 중복해서 받으실 수 없습니다.]

　[안심 스테이크]

　[10일 동안 모든 스텟이 5%, 스킬 진화가 2레벨 상승합니다.]

　"……!"

　발렌은 경악했다.

　NPC들도 알림이라는 걸 듣는다. 애초에 그들에겐 그 알림이 당연한 것처럼 인식이 된다.

그러나 이 알림을 본 발렌은 믿을 수 없었다. 스킬 진화 2레벨에 모든 스텟 5% 상승이라니? 이런 요리 버프는 처음 들어본다.

물론 스텟과 같은 능력이 추가 상승하는 건 사제들에게서도 흔하게 찾아볼 수 있는 능력이다. 하지만 스킬 능력이 향상된다는 것은 듣도 보도 못한 능력이었기에 놀랄 수밖에 없었다.

민혁도 요리를 만들자마자 스테이크 정보를 확인했었다. 그는 유지 기간이 터무니없이 길어진 것과 스킬 진화 2레벨 상승을 보고 알아챘다.

'이건 오로지 레시피 창조 스킬에 의해서만 얻을 수 있는 버프의 힘이다!'

또한, 너무 밸런스가 무너지지도 않는다. 그 요리를 먹고 한 달 동안 다른 레시피 창조에 의한 요리를 먹을 수 없으며 다른 버프도 받을 수 없다.

물론 그래도 메리트가 크다는 건 당연했다. 요리 스스로가 상대방이 가진 능력을 알아내고 상승시켜 주는 건 분명히 대단한 일이었으니까.

그러다 문득 생각했다.

'처음에 레시피 창조 스킬이 요구했던 재료들을 모두 구해서 요리했다면……'

어느 정도의 버프가 나왔을까?

그때 발렌이 말했다.

"정말 놀라운 요리사로다……."

그는 감탄에 감탄을 금치 못했다.

"난 정말이지 만족했다네."

[발렌과의 친밀도가 상승합니다.]

[발렌과의 친밀도가 상승합니다.]

[발렌과의 친밀도가 상승합니다.]

연속 세 번 알림.

남이 자신의 요리를 먹고 이토록 만족해 준 데다가, 민혁도 함께 먹지 않았던가. 저절로 작은 웃음이 지어졌다.

"더군다나, 자네의 요리에 깃든 힘은 내가 기존에 가지고 있던 힘을 일시적으로나마 더 강하게 만들어주었지."

스킬 레벨에는 MAX가 존재한다. 한데, 그 스킬의 MAX에 2레벨을 더할 수도 있는 게 바로 민혁의 요리였다.

발렌이 가진 능력인 스킬 진화는 더 이상 성장할 수 없는 위치에 올라 있었다. 하지만 지금 요리의 효과를 받아 더욱더 뛰어나졌다. 그 의미는 스킬 진화를 받게 될 상대방이 효과를 더 크게 볼 수 있다는 의미이기도 하다.

[히든 퀘스트 '배고픈 발렌 왕을 만족시켜라'를 완료했습니다.]

[발렌의 스킬 진화로 스킬을 진화시킬 수 있습니다.]

[전설의 요리사가 만든 초밥을 먹을 수 있게 됩니다.]

발렌이 말했다.

"자네가 해준 요리 하나를 맛보았을 뿐이지만 자네는 그 가능성이 보이는군. 랄드와 함께 왕궁의 요리사가 되어줄 생각 없는가?"

[발키리 왕국의 발렌 왕이 왕궁의 요리사를 제안합니다.]
[명성 20을 획득합니다.]
[왕궁의 요리사를 승낙할 시 매달 5억 골드를 받으실 수 있으며 왕 발렌으로부터 무궁무진한 보상을 받을 수 있을지도 모릅니다.]

하지만 민혁의 대답은 당연했다.

"죄송합니다. 제가 어딘가에 묶여 있기엔 세상엔 맛있는 게 너무 많아서요."

"그렇군."

발렌이 다소 아쉬운 표정을 지었다. 하지만 곧 본론으로 넘어갔다.

"요리를 다 먹었으니, 약속했던 대로 자네의 능력을 하나 강화시켜 주지."

"이 안에서도 가능한가요?"

발렌이 고개를 끄덕이곤 지니에게 말했다.

"혹시라도 무슨 일이 생기거늘, 우릴 바로 깨워주게."

"네."

지니는 고개를 끄덕이며 민혁을 부럽다는 시선으로 바라봤다.

곧 가부좌를 틀고 앉은 발렌. 그는 민혁에게도 가부좌를 틀고 앉을 것을 말했다.

"우리는 잠시 꿈속으로 들어갈 거야."

본래는 이런 방법을 안 써도 되지만 현재로써는 어쩔 수 없었다.

민혁이 천천히 눈을 감았다.

그순간 민혁은 자신이 어딘가로 빨려 들어가는 느낌을 받았다.

다시 눈을 떴을 때 민혁은 볼 수 있었다.

자신은 넓은 대지 한복판에 있었고, 그 앞으로 뒷짐을 진 채 선 발렌이 보였다.

"자네가 가진 공격 스킬을 사용해 보게."

그 말에 민혁은 고개를 끄덕였다.

"엘레의 검술."

"뭐, 뭐라고?"

"네?"

민혁은 고개를 갸웃했다. 발렌이 놀란 표정을 짓고 있었기 때문이다. 그는 부들부들 몸을 떨어대고 있었다.

"자네, 지금 뭐라고 했나."

"엘레의 검술이라고 했는데요?"

"그 엘레의 검술이 혹시……."

"맞아요. 엘레는 저랑 친한 누나거든요."

"……."

발렌은 말문을 잃었다. 한 제국의 황제를 누나라 부른다니? 거짓말인가 싶을 수도 있지만, 민혁은 스스로 스킬을 보임으로써 증명하지 않았는가.

'그분의 검을 배운 자라니? 설마 엘레가 그의 스승인 것일까?'

그는 놀라움을 감추지 못했다.

'이자. 단순한 요리사가 아니었군.'

발렌은 알 수 있었다. 그는 요리사라는 직업을 가지고 있지만, 일반 요리사가 아니다.

사실 발렌은 그가 부릴 공격 스킬이 요리사들이 사용하는 흔하디흔한 능력일 거라고 생각했었기 때문에 적잖이 놀랐다.

"계속할까요?"

"그러세."

"난무하는 검."

[난무하는 검]

[6초 동안 무차별적인 검의 난무에 30% 추가 대미지가 붙습니다.]

허공에 잔상을 남기며 빠르게 휘둘러지는 난무하는 검.

'놀랍군. 무차별적으로 휘둘러지지만 정확하다.'

과연 검의 대제라 불리는 엘레의 검술다웠다.

'이 능력을 강화시킬 수 있게 될 줄이야.'

곧이어 또 다른 스킬.

[스텝]

[1m 거리를 빠르게 두 번 이동합니다.]

탓! 탓!

1m를 빠르게 한 번 좁히고 이어서 곧바로 1m를 좁히는 민혁은 매우 빨랐다.

"분노하는 검."

[분노하는 검]

[강한 찌르기에 공격력 53%가 추가되며 급소 찌르기에 성공할 시 총 80%의 힘을 더 냅니다.]

그의 검 끝에 힘이 실렸다.

후우우우웅!

힘껏 찌르는 순간 공간을 찢는 파공음과 강력한 일격에 절로 혀가 내둘러졌다.

그리고 발렌은 자신이 보았던 그의 동작 하나하나를 모두 기억하고 있었다.

[스킬 분석]

[스킬을 빠르게 분석합니다.]

발렌이 자신의 힘을 사용하자, 허공에 홀로그램이 나타났다.

먼저의 동작인 난무하는 검.

'이 난무하는 검은 엄청난 빠르기와 정확도, 꽤 긴 지속 시간을 가지고 있다.'

수우우우웅!

수우우우웅!

허공에 만들어진 홀로그램. 그 홀로그램 속에서 주먹만 한 작은 크기의 민혁이 난무하는 검을 사용하는 모습이 보인다.

'이 능력을 어떻게 강화시켜 보는 게 좋을까?'

그렇게 곰곰이 생각하다가 발렌은 오호라 하는 표정을 지었다.

'그게 좋겠군.'

이 난무하는 검의 크나큰 장점은 무차별적으로 휘둘러지는 검이 정확하게 몰려오는 적들을 단숨에 베어 넘길 수 있다는 거다. 하지만 일대일에서는 그 위력을 완전히 다 발휘하지 못한다.

그런 난무하는 검이 한 사람만을 집중적으로 공격하게 하면 어떨까? 난무하는 검이 한 번의 공격에 여러 번 타격이 되는 것이다.

그가 손을 휘저었다. 그러자 홀로그램 속 안으로 작은 목각 인형 하나가 세워진다.

주먹만 한 반투명한 민혁이 작은 목각 인형으로 난무하는 검을 휘두른다.

수우우우웅!

수우우우웅!

'역시 공격이 사방팔방으로 튀어 나가는군.'

발렌은 손을 계속 움직였다.

사방팔방 뻗어 나가던 난무하는 검. 그 난무하는 검이, 이어서 집중 타격으로 변화하기 시작한다.

목각 인형을 벗어나 허공을 베던 난무하는 검이 곧이어 목각 인형을 한 대 가격했다.

그 순간 놀라운 일이 벌어졌다. 한 번의 가격일 뿐이었지만 연속적인 타격 대미지가 들어가 목각 인형이 크게 흔들렸다.

퍼퍼퍼퍼퍼퍼퍼팟-

이어서 스킬 하나가 완성되었다.

[비산하는 검이 완성됩니다.]

[한 번의 공격이 여섯 번 타격하며 추가 대미지 40%가 상승합니다.]

동작 하나를 완성시킨 후, 바로 다음 동작으로 넘어갔다.

분노하는 검.

'순간적으로 힘을 끌어올려 적을 단숨에 제압하는 일격의 힘. 타격하는 순간, 그 힘이 뒤까지 뻗어 나간다. 그 뒤로 새어 나가는 힘을 응축시키면 더욱더 강력해지겠지.'

발렌은 계속해서 움직이기 시작했다. 그렇게 그는 오랜 시간을 스킬 강화를 위해 힘쓰기 시작했다.

'확실히 요리를 먹고 스킬 레벨이 2 오르면서 효과가 엄청 뛰어나졌군.'

발렌 스스로도 감탄할 정도였다.

곧이어 그는 엘레의 검술 진화에 성공시켰다. 그리고 민혁의 앞으로 다가왔다.

여러 가지의 홀로그램이 발렌 앞에서 뛰어다녔다.

곧 그 홀로그램의 작은 존재들이 전부 민혁의 몸속으로 빨려 들어갔다.

그 순간 알림이 울렸다.

320 5

[엘레의 검술이 에픽 등급에서 전설 등급으로 진화합니다.]

[엘레의 검술의 쿨타임이 20% 감소합니다.]

[엘레의 검술의 사용 마력량이 20% 감소합니다.]

[1장. 분노하는 검의 강한 찌르기에 추가 공격력+60%가 붙고 급소 찌르기에 성공할 시 총 100%의 힘을 냅니다.]

[2장. 난무하는 검의 지속 시간이 6초에서 7초로 상승하며 무차별적으로 휘둘러지는 검에 추가 대미지 35%가 붙습니다.]

[3장 비산하는 검이 추가되며 한 번의 공격에 여섯 번을 빠르게 타격하고 추가 대미지 30%가 붙습니다.]

[4장. 엘레의 검술의 시전 시간이 8분으로 상승하며 모든 스텟 20%가 상승합니다.]

[5장. 1m를 한 걸음씩 두 번 빠르게 이동할 수 있으며 찰나에 공격할 수 있게 됩니다.]

상당히 놀라운 진화였다.

1장. 분노하는 검이 훨씬 더 강력해졌다. 그리고 3장에 비산하는 검이 추가되었으며 이 스킬은 한 대상을 빠르게 여섯 번 공격할 수 있는 힘을 가졌다.

그리고 4장. 엘레의 검술의 경우 모든 스텟 3%가 상승하고 시전 시간도 몇 분 더 길어졌다.

그리고 5장인 스텝. 스텝은 움직이는 동안에 본래 공격이 불가능했다. 빠르게 움직여 거리를 좁히고 그 상태에서 공격하는 스킬. 하지만 이젠 다르다. 이동하면서 그대로 공격하고 들어갈 수 있다는 거다.

이어서 발렌이 한 존재를 소환했다.

"크르으으으!"

거대한 오우거였다. 오우거는 레벨 300대의 고레벨 몹이다.

발렌이 굳이 오우거를 소환한 이유가 있었다.

'이자의 강함을 모르니까.'

즉, 레벨을 모른다. 그는 민혁의 강함의 정도를 확인하려는 것이다.

레벨 10의 이방인이 설령 엘레의 검술을 사용해도 뛰어난 힘을 발하진 못할 것이다. 하지만 저자가 생각보다 강자라면 그만큼의 힘을 내겠지.

"이곳은 꿈속. 상당히 많은 것이 가능하지. 스킬을 사용해 보게."

그 말에 민혁은 고개를 끄덕였다.

성난 오우거가 쿵쿵쿵쿵- 지면을 울리며 달려온다.

민혁은 스텝을 사용했다.

[스텝]
[1m 거리를 빠르게 두 번 이동하며 적을 공격할 수 있습니다.]

먼저 한 번의 스텝으로 옆으로 이동하고 그 찰나에 검으로 녀석의 다리를 베어냈다.

푸지이익!

"크랏!"

그리고 다시 한번 이번에는 앞으로 이동! 움직이면서 또 한 번 가슴을 횡으로 벤다.

"크르으으!"

성난 오우거가 힘껏 도끼를 휘둘렀다.

수우우웅!

태에엥!

비록 민혁은 레벨 210대였지만 그 이상의 힘을 내는 괴물 스텟 보유자였다. 녀석의 묵직한 도끼를 막아내고 스킬을 사용했다.

[비산하는 검]
[한 번의 일격으로 여섯 번 연속 타격하며, 30%의 추가 대미지가 붙습니다.]

민혁의 검에 스파크가 튀었다.

파지지짓!

붉은 기운이 넘실넘실 춤을 춘다.

민혁이 있는 힘을 다해 힘껏 오우거를 검으로 베어냈다.

팟팟팟팟팟팟!

한 번의 공격에 여섯 번 타격이 들어가며 녀석의 몸 곳곳이 검에 난자되었다.

쿠우우웅!

바닥으로 쓰러져 내린 오우거!

수우우우웅!

등 뒤에서 또 다른 기척이 느껴졌다. 이 역시 오우거였다.

민혁이 빠르게 피해냈다.

"아직 남아 있네."

"먼저 좀 말해주시지!"

발렌은 어깨를 으쓱였다.

그리고 민혁을 바라보는 그의 눈이 좁혀졌다.

'믿을 수가 없다······.'

아무리 비산하는 검이 여섯 번 연속 대미지를 입힌다고 해도 오우거를 단 한 수에 끝내 버렸다. 그 의미는.

'단순한 요리사가 아니었어.'

그는 강하다.

발렌은 기대를 가졌다. 살아서 돌아갈 수 있을지도 모른다는 기대.

그때 때마침 민혁의 검 끝에 강력한 힘이 맺히며 오우거의 복부를 향해 검이 찔러 들어갔다.

[분노하는 검]

[강한 찌르기에 공격력 60%가 추가되며 급소 찌르기에 성공할 시 총 100%의 힘을 더 내며 폭발합니다.]

푸지이익!

오우거의 복부를 비집고 들어간 검. 곧이어 검 끝에 응축되었던 힘이 강력한 폭발을 일으켰다.

콰아아아아앙!

그 폭발은 단숨에 오우거를 터뜨려 버렸다.

후두두두둑-

"후우."

검을 갈무리하고 민혁은 검집에 넣었다.

엘레의 검술을 열람해서 확인해 보자 등급이 '전설'로 변해 있었다. 또한, 레벨은 다시 1 상태가 되어 있었다.

'엘레 누나가 요리해 주면 엘레의 검술 더 가르쳐 주신다고 했었는데…….'

그렇게 되면 여기에서 좀 더 강해질 것이다.

"이제 나가지."

짝!

발렌이 손뼉을 치는 순간, 다시 마차 안으로 돌아왔다.

"어땠어요? 스킬 진화했어요?"

"넵, 나쁘지 않은 것 같아요. 그것보다 빨리 발키리 왕국으로 가야겠어요."

"왜요?"

"초밥을 먹을 수 있잖아요!"

민혁은 스킬을 진화시켰다는 것도 나쁘지 않았지만, 초밥을 먹을 생각에 무척 기대된다는 표정이었다.

바로 그때.

"헉!"

마부석에서 루트의 경악 어린 목소리가 들려오고 이어 마차가 크게 흔들리다가 멈춰섰다.

쿵!

마차를 타고 빠르게 달리는 루트는 생각했다.

'이대로 적들을 따돌리고 엘레와 만나면 좋겠군.'

발렌과 엘레가 만나기로 했던 장소가 멀지 않았다. 이런 식으로 무사히 달려준다면 생각보다 꽤 수월하게 퀘스트를 완료할 수 있으리라.

'혹여 적을 만난다면…….'

마차 안에서 믿을 만해 보이는 자는 여성밖에 없었다.

'발렌 전하께선 특별한 능력을 제외하고는 싸움을 잘 못 하시니…….'

그런 생각을 하던 때였다.

수우우우우웅!

멀리서 창만큼이나 두껍고 기다란 화살 한 발이 날아와 말 두 마리를 단숨에 관통했다.

퍼지익!

"헉!"

두 마리의 말이 비명조차 지르지 못하고 절명하며 쓰러지고, 마차가 크게 흔들리다가 쿵 하는 요란한 소리를 내며 멈춰 섰다.

루트는 서둘러 활을 꺼냈다. 그리고 주변을 경계했다.

[스캔]
[적들을 탐색하는 눈]

나무가 우거진 숲 한복판. 스킬을 사용하자 곳곳에 숨어 있는 적들이 빨갛게 보였다.

'빌어먹을, 숫자가 많아.'

족히 열은 되어 보일 법한 숫자. 특히나 활시위를 당기고 조준하는 궁수들이 많아 보였다.

그리고 그들의 틈에 있는 유저, 레드는 그레이트 보우를 들고 있었다.

거대한 크기의 그레이트 보우. 창만큼이나 커다랗고 강력한 파괴력을 가진 화살을 걸어서 활시위를 당겼다.

레드는 궁수 랭킹 100위권 안에 드는 랭커 중 한 명이었다. 또한, 그의 화살은 막대한 파괴력과 뭐든지 부술 수 있을 듯한 힘을 가졌다.

적들을 발견했으니, 이제 곧 보상이 눈앞이다.

그는 마차의 입구를 겨냥하고 있었다.

[파티 채팅 레드: 마차에서 사람이 나오는 즉시 왕을 제외하고 쏘겠다. 너희들은 저 궁사 유저를 견제해!]

파티 채팅을 서둘러 끝낸 그는 숨을 죽였다.

그때 마부석에 선 루트가 서둘러 화살 한 발을 꺼내 레드를 향해 쐈다.

[조준 샷]
[급소를 적중시키는 화살.]

쐐애애애액-

빠른 속도로 화살이 날아갔다.

하지만 그 순간. 하얀빛을 머금은 화살들이 나무들 사이사이에서 날아왔다.

[유도 샷]

[적의 화살을 상쇄시킵니다.]

콰지이익!

날아가던 루트의 화살이 무용지물이 되어 바닥에 힘없이 떨어졌다.

그때, 마차의 문이 열리며 한 사내가 나왔다.

"무슨 일이에요?"

사내는 프라이팬을 등 뒤로 메고 있었다.

겨냥한 레드가 서둘러 활시위를 놨다.

[파워 애로우]
[강력한 힘을 담은 화살이 적을 단숨에 관통합니다.]

수우우우웅!

레드는 짙게 웃었다.

파워 애로우는 꽤 강력한 스킬. 어지간한 400레벨 유저들도 정통으로 맞으면 크나큰 대미지를 입는다.

"젠장할!"

루트가 서둘러 활시위를 당겼다.

[트리플 유도 샷]
[세 발의 화살이 적의 화살을 상쇄시킵니다.]

서둘러 꺼내 쏜 세 발의 화살이었지만, 그 순간 주변에서 쏜 화살에 세 개의 유도탄이 그대로 상쇄됐다.

레드의 화살은 프라이팬을 등 뒤에 찬 유저, 즉 민혁의 가슴팍을 향해 무사히 날아갔다.

"잡았……!"

레드가 외치는 순간.

팅-

갑옷에 직격한 화살이 허무할 정도로 튕겨 나가며 땅에 떨어졌다.

[물리 대미지 반사! 두 배의 대미지를 돌려줍니다.]

그와 동시에.

"끄아아아악!"

되려 레드는 자신의 가슴을 찌르는 강력한 통증에 비명을 질렀다.

[HP가 20% 미만으로 떨어집니다.]
[강력한 공격에 당해 3초 동안 스턴 상태에 빠집니다.]

'저, 저 갑옷 뭐야!'

레드는 경악할 수밖에 없었다.

갑옷에 닿자마자 공격이 먹히지 않고 화살이 툭 떨어졌으며, 심지어 자신은 두 배의 대미지를 받았다.

"호오."

그리고 민혁은 자신의 갑옷에 화살이 쏘아졌던 부위를 문질렀다.

"좋은데?"

불멸의 갑옷 효과에 그는 씨익 웃었다.

그리고, 안쪽에서 지니가 튀어나왔다.

튀어나온 그녀의 손에는 붉은 채찍이 들려 있었다.

촤아아앗!

그녀가 채찍을 휘둘러 숨어 있던 궁수의 목을 휘감았다.

타앗!

그리고 팔을 힘껏 뒤로 당기자 목이 감긴 궁수가 발버둥 치며 끌려 나왔다.

화르르르르륵!

[불의 채찍]

[강력한 화염이 적을 단숨에 소멸시킵니다.]

지니의 채찍을 타고 뻗어간 불길이 단숨에 궁수 유저를 집어삼켰다. 그와 함께.

화르르르르륵!

궁수 유저가 단숨에 불길에 휩싸여 강제 로그아웃 당했다.

지니 역시 전설 클래스. 채찍의 마술사였다. 그녀의 채찍이 움직일 때마다 곳곳에 숨어 있는 자들이 비명을 질렀다.

[파티 채팅 레드: 빌어먹을 엄청 세잖아, 저 여자 뭐야!]

[파티 채팅 볼트노: 미친……! 무슨 채찍이 저렇게 세!]

그리고 정작 가장 놀란 것은 루트였다.

'마, 말도 안 돼……!'

주변에 숨어 있는 적들은 최소 300레벨대의 유저들이었다. 그런데 여성 유저는 단 몇 수에 그들을 전부 잡아내고 있었다. 그뿐만이 아니다. 요리사 민혁 유저! 그의 갑옷에 직격당한 화살이 허무하게 튕겨 나갔다.

'이 사람들…… 정체가 뭐야……?'

하지만 놀라워하는 것도 잠시 서둘러 정신을 차렸다.

그는 활시위를 힘껏 당겼다.

쐐에에에엑!

놓는 순간 빠르게 날아간 화살이 레드의 목을 꿰뚫었다.

"커컥!"

한 놈을 강제 로그아웃시킨 루트가 서둘러 마차 앞으로 다가갔다.

"민혁 님과 루트 님은 전하를 지키세요!"

지니의 다급한 외침에 루트가 발렌에게 말했다.

"전하, 달리셔야 합니다!"

"알겠네."

그 순간 루트는 알 수 있었다.

'적들이 몰려온다……!'

빠르게 나타나는 적들. 게다가 그들의 숫자가 결코 적지 않았다.

"걱정 말고 달리세요."

하지만 지니는 별거 아니라는 듯 작게 웃었다.

고개를 끄덕인 루트. 그는 민혁과 발렌을 데리고 달리기 시작했다.

수우우우웅!

그리고 자신에게 날아오는 또 다른 화살 한 발을 그대로 조준해 상쇄시켜 버렸다.

"와……."

민혁이 감탄 어린 소리를 흘렸다.

"하하, 이래 보여도 한때 활 좀 쐈다고요."

다급한 상황에 이렇게라도 웃지 않으면 발렌의 두려움이 커지리란 생각에 루트가 웃었다.

세 사람이 지니만을 두고 달린다. 하지만 뒤쪽에서 들려오는 소리는 그녀의 비명이 아니라, 오로지 적들의 비명뿐이었다.

"끄아아아아악!"

"으, 으아아아아악!"

"끄악!"

그러던 중.

뿌우우우우우우우!

쿵! 쿵! 쿵! 쿵!

적들이 나팔을 불기 시작했다. 이제 모든 적이 이곳으로 몰려들 것이다.

루트는 생각했다.

'어떡하지? 어떻게 해야 하지?'

내가 할 수 있을까? 대단한 갑옷을 입고 있는 요리사와 발렌을 데리고 이곳을 뚫고 갈 수 있을까?

모른다, 일단 달려야 한다.

아테네 홍보팀이 뒤쪽에서 분주하게 움직이며 전화를 받고 있었다.

"이제 곧 생방송 시작합니다!"

"적절한 타이밍을 기다리고 있는 중입니다!"

그들의 틈에 홍보팀의 이태진 팀장이 있었다.

'업데이트 전에 발렌을 호위하는 자들과 공격하려는 자들의

영상을 생중계로 틀어준다. 분명히 엄청난 호응을 살 수 있을 거야.'

독특한 홍보 방식. 하지만 효과는 확실할 수밖에 없었다.

발렌을 공격하는 자들은 4대 길드 중 하나인 아레스 길드였다. 그리고 지키려는 자들. 그들도 만만치 않았다. 레전드 길드의 마스터 지니와 요즘 한참 떠오르는 프라이팬 살인마.

'진짜 재밌다.'

이태진 팀장조차도 보면시 손이 땀에 젖이 축축해질 정도였다.

어떻게 이런 우연이 있을지는 모르겠다. 하필 앙숙과 같던 두 길드가 이렇게 업데이트를 위한 퀘스트에서 만나다니! 하나 확실한 건, 최고의 영상을 잡을 수 있을 것이고 최고의 호응을 끌어낼 수 있으리라는 것.

그때 특별 유저 관리팀의 박민규 팀장, 개발팀의 이석훈 팀장이 함께 들어왔다.

"방송 언제 시작해?"

"가장 재밌을 타이밍에 시작하려고."

"가장 재밌을 타이밍?"

"저기 보여?"

이태진 팀장이 두 개의 모니터를 가리켰다. 하나의 모니터는 발렌, 루트, 민혁을 비추고 있었다. 그들은 빠르게 도망치고 있었다.

그리고 다른 모니터. 도망치는 그들을 쫓는 여섯 사람이 있었다.

그 앞에 선 자는 박 팀장의 눈에도 익숙했다.

"아이리스의 코헤이?"

"빙고."

코헤이. 아이리스 길드에서 수십억 원을 들여서 계약한 게이머로 일본에서 직접 데려온 이였다. 그는 프로게이머로 치면 로반과 같은 1군이었다. 재밌는 점은 바로 이것.

"민혁 유저와 같은 신 클래스지."

그는 저주의 기사였다. 민혁과 같은 신 클래스.

"프라이팬 살인마와 저주의 기사가 붙는다. 무척 재밌는 소스야, 프라이팬 살인마가 좀 더 버텨주면 좋을 텐데 말이지."

이태진의 목소리에는 마치 민혁이 무조건 질 것이라는 목소리가 다분했다.

그에 박 팀장이 피식 웃었다.

"뭔 소리야? 저주의 기사가 버티는 거지."

"······?"

그에 이태진은 고개를 갸웃했다.

박 팀장도 알 것이다. 두 사람은 레벨 격차가 컸다.

저주의 기사의 경우 300레벨의 유저인데, 얼마 전에 레벨 400대의 랭커를 사냥하는 장면이 이슈를 탔던 적이 있을 정도다.

반면에 민혁 유저는 이제 겨우 레벨 221이었다.

하지만 박 팀장은 일단 보라는 듯 말했다.

"난 민혁 유저가 이긴다에 한 달 커피값을 걸지."

to be continued

崑崙 곤륜패
霸仙

윤신현 신무협 장편소설
WISHBOOKS ORIENTAL FANTASY STO

선대의 안배로 인해 시공간의 진에 갇힌
곤륜의 도사 벽우진.

"……뭐야? 왜 이렇게 되어 있어?"

겨우겨우 탈출해서 나온 그의 눈에 보이는 것은!

"정말, 정말 멸문했다고? 나의 사문이? 천하의 곤륜파가?"

강자존의 세상, 강호.
무너진 곤륜을 재건하기 위해 패선이 돌아왔다!

곤륜패선(崑崙霸仙)

'이왕 할 거면 과거보다 더 나은 곤륜파를 만들어야지.'

막장
악역이
되다

크레도 퓨전 판타지 장편소설
WISHBOOKS FUSION FANTASY STORY

자고 일어나니 소설속. 그런데……

[이진우]

재벌 3세, 안하무인, 호색남, 이상 성욕자, 변태.
가장 찌질했던 악역. 양판소에나 등장할 법한 전형적인 악인.

"잠깐, 설마…… 아니겠지."

소설대로 가면 끔찍하게 죽는다.
주인공을 방해하면 세계는 멸망한다.

막장 악역이 되다

흙수저 이진우의 티타늄수저 악역 생활!